熊井明子

いくつになっても、ラ・ヴィアン・ローズ

春秋社

はじめに

ラ・ヴィアン・ローズ（薔薇色の人生）なんて若い時のこと、と思っていませんか？

でも本当の薔薇色の人生が始まるのは、五十代からです。それまでの体験を活かし、これからの生きがいをみつけ、よい人間関係を大切にし、日々の暮しを楽しむゆとりを持てる年代。

そのような生活には、ほど遠いという方は、ぜひ心の持ち方をポジティヴに変えてみて下さい！

現代女性の五十代、六十代は、体力も気力も充分にあり、どんなチャレンジも可能な筈。

コロナ禍にも負けない強い心を持って進みましょう。

大切なのは、心を前向きに変えるきっかけ。私自身の体験も含まれた本書が、そのヒントになりますように。

2 望む

3 慈しむ

4 追慕する

いくつになっても、ラ・ヴィアン・ローズ

1

爽やぐ

かくし味

「久しぶりに、お好み焼つくらないか」

夫が和子に言う。娘は短大のときからの友達と出かけて、夫婦二人だけのお昼どき。

お好み焼は、まだ新婚の頃、近所に住んでいた同年輩の大阪出身の主婦から教わった。が、以来和子は一度も作ったことがない。それはとてもおいしかったにもかかわらず、不愉快な思い出がらみのものになったまま長年がすぎた。

当時、彼女とは立話をする程度のつきあいだったが、その飾り気のない人柄に和子は好感を持っていた。ある日、大阪風のお好み焼の作り方の話になった。

「知らない？　教えたげるわ。今度の日曜日、お宅で」

さっさと決めて、用意する材料も指示した。

日曜日にプレートとテコを持ってやってきた彼女は、念入りにメークし、胸元のあいたニットを着て、別人のように女っぽかった。だが、すぐにテキパキと指図し始めるところは、やはり彼女。

「キャベツは千切りにするんや。小麦粉を水と卵で溶いてキャベツを混ぜてね。

トンカツソースとマヨネーズは、よおくかきまぜて」

「あら、マヨネーズが切れてるわ」

「え、早う買うてきて！」

和子は仕方なく近くの商店街まで小走りで行き、戻ると、いつの間にか夫がダイニングキッチンに来て彼女とクラシック音楽の話で盛り上がっていた。

「モーツァルトもええけど、やっぱりラフマニノフやね」

彼女にそんな趣味があるとは。和子にはチンプンカンプンだ。なんか面白くない。

「はい、マヨネーズ」

会話をさえぎると、彼女はプレートに向きなおり、お玉ですくったミックスを軽く広げた。豚肉をのせてひっくりかえし、テコでギュッと押えつける。

「うまそうだな、さすが本場仕込みですね」

と夫は調子がいい。

焼き上がると、彼女は手際よくテコで切りわけ、ソースとマヨネーズのミックスを塗り、紅しょうがと青ノリを散らした。

味は最高だった。キャベツと小麦粉の絶妙な甘み、ほどよい焼き加減の香ばしい豚肉。

「絶品だな」と夫が言う。

「ほな、毎週来て、作ったげるわ、その代わり、おすすめの曲きかせてほしいわ」

ひたと夫をみつめて言う。その甘え声に和子は突然切れた。

「御主人が何て言うかしら！」

あやしい雲行きを感じてか、夫が顔をあげて見た。

「気にせんといて、あんなの。毎日午前様で、今日かて競輪。お宅みたいに趣味のええマイホーム主義の旦那様と違うんや」

ガツンとテコをつきたてておお好み焼をカットしながら言う。夫は気まずそうに残りを食べ「御馳走様」と立って行った。

それからは〝お好み焼パーティー〟をしようと誘われても断り、そのうちに彼女は夫の転勤で関西へ去った――。

ずいぶん長い間、封印していた記憶だったが、いつの間にか不快感は消えている。すべてをいやす時の力はすごい、と和子は思う。

記憶をたどって作ったお好み焼を、夫は「あのときのより、うまい」なんて言う。ふいに和子は、ソースとマヨネーズにジェラシーを混ぜたあの味が、無性になつかしくなった。

紫水晶のパワー

今、年齢は八掛けの時代とか。つまり昔にくらべて誰もが、実年齢より、はるかに若いと思ってよいらしい。

「だから、ぼくは今年四十八歳というわけだ」

と六十歳の夫は大見得《みえ》を切って亜美を笑わせた。たしかに彼は若々しく見え健康で老化のきざしなど全く見られない。

ところが先日、会社の健康診断で胃の精密検査を受けるようにと言われて、本人よりも亜美の方がショックを受けた。

思えば、これまで何も問題が無かったことの方がふしぎな位だが、夫は健康には絶対の自信を持っていた。親ゆずりの丈夫な体質のせいだとか。

――でも、精密検査で悪い病気がみつかったら。

そう考えただけで亜美は食欲がなくなり、眠りが浅くなった。

学生時代からの友人に電話して、不安を訴えると笑いとばされた。

「結果が分からないうちから、クヨクヨしてもしょうがないじゃない。ワインでも飲んでガーッと寝ちゃいなさい。なるようにしかならないんだから」

男っぽくて頼りがいのある友人と思っていたが、今はただ無神経な人に思え、がっかりして電話を切った。

暗い気分はエスカレートして、不安か黒雲のように広がっていく。

――最悪の場合、余命数カ月なんて宣告されたらどうしよう。

涙があふれ出た。居てくれて当り前と思っていた夫。真面目で温厚で、家族のために、ぐち一つ言わず働いてきた夫。

――それなのに私は、期待したほど出世しなかった彼に、ひそかに不満を抱いていた。本当にバカな妻。健康で家族思いの夫というだけで万々歳なのに。

ようやく、それに気がついたのに、もしも恐ろしい結果が出たら……。

じっとしていられなくて、掃除を始めた。悩みがあるときは体を動かすのが一番だ。

居間の床をかたくしぼった雑巾で拭き、寝室のじゅうたんに掃除機をかけ、部品を替えてベッドの下も。そのとき、カチッと音がして何かが吸いつけられた。見ると、以前従姉妹《いとこ》からフランス旅行土産にもらった紫水晶のペンダントだった。

「紫水晶って、浄化作用があり、冷静な判断力をもたらすんですって。それに、このペンダントは、有名な聖地で買ったものだから、願いをかなえるパワーストーンなのよ」

その手のことには興味がなかったが、紫水晶の美しさに魅せられて、当時よく身につけていたのだった。失くしたと思っていたら、こんなところにかくれていた。

思わず両手につつみ持ち、夫の検査の結果がよいようにと念じた。掌の中で紫水晶は次第にぬくもりを増し、ふしぎな安心感をもたらした。

それから亜美は、毎日ペンダントをつけて、少しでも暗い気持になると、紫水晶にふれた。すると不安は鎮められ、しまいには、本当に願いがかなうと思われてきて、安堵と感謝の気持さえわき上がってきた。

時々、地の自分が顔を出して、そんな期待をして、もしも悪い結果が出たら、どんなにがっかりすることか、などとささやいたが、紫水晶を握りしめると、そんな考えは消えた。

検査が済み、やがて結果が分かる日が来た。すぐに電話で知らせて、と頼んでおいたので、予定の時刻が近づくにつれて心臓はおどり、喉はカラカラになった。ベルが鳴ると同時に受話器を取った。

「異常なしだったよ」

夫の言葉に、世界の色が、パッと明るく変った。

「よかった！」

「当り前さ。健康が取り柄の四十八歳なんだから」

「そうよね、本当に」

と言いながら亜美は胸元の紫水晶にそっと手をふれ、ありがとうとつぶやいた。

岬の花

　セント・アイヴスは、イギリスの西南端のコーンウォール地方にある海辺の町。湖水地方やコッツウォルズほどポピュラーではないが、エミはここがとても気に入っている。ツアー・コンダクターの仕事で数年前に訪れて以来、何回か一人で再訪した。日本人観光客を滅多に見かけないところもいい。

　ところが、今回、いつものB&Bにチェックインして、海岸通りに散歩に出たとたん、日本人らしい女性と出会った。目が合ったので「今日は」と云うと彼女も「今日は」と。目もとのしわからして、エミの母親より年上かと思われた。連れはいない様子だ。

　意外な気がした。その年輩——五十代から六十代のオバサマは、エミがつきそう団体旅行《ツアー》の主なお客様。一人旅などしたことがない人ばかりだ。あかぬけた感じの彼女に何となく心をひかれ、振り返って見た。

　翌日エミは、多くの芸術家に愛されてきたセント・アイヴスならではのギャラリーを訪ね歩いた。ダイナミックな石の彫刻が樹木と調和したバーバラ・ヘップワース庭園ミュージアム、浜田庄司の作品もならぶバーナード・リーチ記念館、テイト・ギャラリー。その帰りの坂道で、彼女とすれちがった。

次の日の夕方、また出会ったときには、さすがに驚いた。彼女の方でも「三度もお会いするなんて」と笑顔をみせ、シーフード・レストランにエミを誘った。

「今日は、どちらへ？」と聞かれて、エミは、ランズ・エンドへ行ってきたことを話した。イングランドの最西南端の岬だ。

「初めて訪ねたときから、とても魅せられて、ここへ来ると必ず足をのばします」

「まあ、そうだったの、あなたも」

彼女は、しばらく黙ってワインを飲んでいたが、それまでと違った心を許した感じの表情で話し始めた。

「実は私、ランズ・エンドに救われたんですよ。初めてあの断崖絶壁の上に立ったときの私は、生きることに絶望していました」

今から十年前、二十年間連れ添った彼女の夫は家を出て行った。選りに選って彼女の親友との不倫の結果だった。二重のショックで彼女は寝込んでしまい、長年つとめた会社もやめた。心配した画家の兄が、当時住んでいたイギリスから帰国し、しばらく面倒をみたあと彼女を連れて戻ったのが、このセント・アイヴスだった。

「はじめのうちは部屋にとじこもっていましたが、或る日、兄にすすめられて、ランズ・エンドへ行ってみたの。風の強い日でした。断崖の上に立って、大西洋のはるか彼方の、空の水平線が接するあたりに目をやると、思わず背すじがのびる気がしたわ。崖の下には波が打ち寄せて、豪快な白いしぶきをあげていた。そんな光景を眺めながら、強い潮風に吹かれていたら、なぜか涙があふれて、一緒に私の中のネガティブな感情も流れ出ていく気がしたわ。足元を見ると、小さな野草の花が、海に向って伸び上って咲いていました。荒々しい自然の中で、いじらしく精一杯に。私もこの花のように自然の一部なのだ。頑張って生きなくては、という思いがわき上がってきたの」

その日から彼女は少しずつ自分を取り戻していった。やがて帰国して、若いときから興味があった陶芸の勉強を始めた。今では創作陶芸のグループ展にも出品しているという。

「ランズ・エンドの厳しい自然と、小さな花の愛らしさを表現したいのよ」

「すてきですね」

エミは心から云った。エミもまた、失恋したときランズ・エンドの光景と潮風に浄められ力を与えられたことがある。太古からの歴史を持つあの場所には、人をいやし生命力を高める力があるのかもしれない。エミがグラスをあげると同時に彼女も「もう一度乾杯」とほほえんだ。

心は十七歳

あ、また会った、とリカは商店街の大通の向こうから来るピンクづくめの女性を見つめた。ジロジロ見ては失礼、と思いながらも、ピンクが好きなリカは目をそらせることができない。バラの造花つきの帽子、ブラウスに、ロングのギャザースカート、バッグ、バレーシューズみたいな靴、そして口紅もピンク。淡い桜色からショッキングピンクまで、様々な色調のピンクのロマンチックなファッション。

問題は、その装いが顔にそぐわないこと。どう見ても彼女は、リカの祖母より年上ではないかと思われるのだ。少しヘンなのでは、と思ったこともあるが、姿勢よく歩く姿も表情も眼差も、ヘンどころか知的な印象を与える。何回か見かけているうちに、興味がつのっていった。

ある日、商店街への近道の公園を通って行くと、池に面したベンチに彼女が坐って、文庫本を読んでいた。リカは思わず足をとめた。目を上げた彼女に会釈すると、ほほえみがかえってきた。

「ときどきお会いするわね」

「あ、お気づきでしたか」

「ええ、……お掛けにならない？」

横に腰掛けると、ほのかに薔薇の香りが。彼女は付けている香水らしい。

「あの、失礼ですが、なぜピンクづくめなんですか？」

ずばり訊ねると、彼女は、いたずらっぽく笑った。

「このトシでなぜ？　と思うのね。実は私、子供の頃からピンクが大好きだったのに、母が着せてくれなくてね」

その理由は、「色が浅黒いから」と彼女の母は言ったとのこと。ピンクは色白でなければ似合わない、と繰り返し言われながら成長したので、自分でもそう思いこんでしまった。

「気がついたらピンクを気軽に着られる年齢をすぎていて。そう、適齢期も」

父が亡くなった後、母は彼女に強く依存し、かつ以前にも増して支配的となった。遅咲きの恋愛がみのらなかったのも母の反対のせいだった。

母の介護のために停年前に職をやめて、昼も夜もわがままな病人につきそって十数年。母をおくったときには七十歳になっていた。

「やるだけのことはやったので悔いはなくて、むしろ開放感があったわ。そして思ったの、ようやくピンクを着られる、と」

普通だったら年齢を考えて、パジャマとかガウンとか家庭着などを選ぶだろうが、彼女はピンクを着て外に出たいと思った。

「だって、七十《セブンティ》なんていっても、心は十七《セブンティーン》、全然老いていないことに気がついたの。ピンクを着たかった幼女が、少女が、若い娘が私のなかにいるのよ。変らない夢とあこがれも心の中に生きているの。それが本当の私なの。その私にピンクづくめの装いをさせて、街に出ることにしたのよ。あれこれ言う家族がいないのも幸いでした。考えようによっては、天涯孤独も、いいものよ」

「でも、勇気ありますね、人目は気になりませんでした？」

「最初は好奇の目で見られたり、嘲笑されたりすると傷ついたわ。でも、そのうちに、この風当たりも、個性的に生きていればこそ、と愉しめるようになったの。それに、こうしてあなたみたいなステキな若い方とお話するきっかけにもなるし」

「私なんてステキどころか、平凡なＯＬです」

「そんなことないわ。誰だって世界で一人の非凡な存在。自信をもって、思いきりおしゃれしてね。誰かの言いなりになった揚句、今頃狂い咲きしてる私みたいにならないで」

リカは思わず吹き出し、彼女も声を合わせて笑った。

「ここからの桜風景は最高よ。ほかの桜より濃いめのピンクの樹が一本混ってるの。今度、一緒にお花見しましょう」

うなずきながらリカは、買うかどうしようか迷っていた派手なピンクのブラウスを、その日のために「必ずゲット！」と自分に言いきかせた。

運は自分で作る

薔薇の花は香り、草木の緑はいきいきと輝く五月。一年中で律子が一番好きな月。それなのに彼女はウツウツとしている。原因は人に言ったらバカバカしいと笑われそうなこと。郵便局で順番を待っているときに、ふと手にとった女性誌の〝今月の星占い〟のページで、自分の星座の所を見て、すっかり気がめいってしまったのである。「人間関係に注意。夫婦の愛にヒビが入る危険あり。金運も健康運も下降気味」などと書いてあったのだ。

ふだん占いの類いには関心が無い律子なのに、なぜ今回に限って、とらわれてしまったのだろう。

田舎で一人暮しをしている姑を引き取りたい、と先日夫が言い出したことを連想したせいかもしれない。若い時からマザコンの気がある夫の気持を思うと、律子はノーと言えないのだが、もし同居したら、万事姑のいいなりになるのは目に見えている。

姑は整理整頓掃除好きで、たまに上京したときはいつも、律子をこき使って家中みがきたて、そのあと律子は決まって持病のギックリ腰に苦しんだ。うっぷん晴らしに夫に当たりちらし、夫婦の仲が悪化した。同居となると、それが日常となる?

律子の脳裡には例の星占いが浮かび上がり、暗い気分がつのる。

思い切って律子は幼なじみの和美に話してみた。母親同士が親友だったので、自然と仲よくなり、つかず離れず、もう四十年以上になる仲。彼女に会うと、ゆったりした人柄に心がいやされ、しかもたのもしいアドバイスが得られる。

「笑わないでね。いい年してこんな悩み、どうかしてると思うんだけど」

と律子が星占いのことを言うと和美は真剣な声で、

「笑うもんですか。わかるわ、あなたの気持。話したことないけど、私、若い頃、毎月とっていた婦人雑誌の星占いがひどく気になって困った時期があるの」

「あら、知らなかったわ」

「ちょっと恥ずかしいじゃない、だから言わなかったのよ。ラッキーデーのマークのある日を選んで外出したり、ラッキーカラーというのにこだわったりもしたわ。ところが、ある月に、ひどいことが書いてあるのを読んでプチウツみたいになって、これはあぶない、と思ったの。それで書店へ行って、手あたり次第に雑誌を手に取って〝今月の運勢〟のページを見たら、星占いのほか色々な占いがあって、それぞれ勝手なことが書いてあった。そのなかに、『今月のあなたは最高の運勢』なんてのが。私、その雑誌を買って帰って、暗記するまで読んで、頭の中の例のヤな占いと置きかえたの」

「そんな方法があるのね」

「それをきっかけに色んな関係書を読んで、私なりに出した結論は、占いというものは、自分が信じることによって、命を持ち、その通りになる。だから、ネガティブな予言は否定して、よいことだけを信じて、自分の運を作って行こうと思ったの。そうこうしているうちに〝今月の占い〟のたぐいは全く気にならなくなったのよ」

「そう、ありがと。まずは置きかえることね。やってみるわ」

和美と話したあと、律子は書店に行った。和美が言ったように、次々と雑誌を手にとって、〝今月の運勢〟のページを見る。すると、何冊目かに、律子の生まれた月の欄に、「すべてに於いて好調で、何か問題があっても、自分次第でよいことにひっくりかえる運勢」と書いてあった。

その雑誌を買って帰り、嬉しい予言を読み返していたら気持が明るくなった。

運は自分で作る、その意気だ！　和美が実験済み、と思うと心強い。姑の件も、結果的によいことにつながる、そう思えば、そうなる。自分に言いきかせていると、風が庭の薔薇の香りを運んできた。

花のような笑顔

「もしもし……」

それだけで光代とわかった。一年間、友子は、その声を待っていたのだ。

「光代さん！」

胸がいっぱいで、あとが続かない。

「ごめんなさい、ご無沙汰して。あの、お会いしたいの、御宅にうかがっていい？」

「もちろん」と日を決めて電話を切ったあと、友子はぼんやりしてしまった。

光代とは、娘の幼稚園の父母会で知りあった。内気だが笑顔が美しい人で、友子の方から話しかけて親しくなった。

気が合った一番の理由は、二人ともガーデニングが趣味だったこと。同じ位の広さの庭つきの家に住んでいたので、情報を交換したり、種子や苗や球根を分けあったりした。

時移り、娘たちは結婚して家を離れ、友子も光代も夫との二人暮らしに戻り、気がついたら五十歳になっていた。

「何かユーウツね、もう五十なんて」

と友子がため息をつくと光代が言った。

「あら、今の女の五十代は、体力も気力もお金も充分あって、最高なんですって」

「そうであってほしいわ。ね、花の五十代に、英国の庭園めぐりをしてみない？」

「いいわね」

そんな話をしていたのに、突然彼女と連絡がとれなくなった。自宅の電話も通じない。手紙も転居先不明で戻ってきてしまった。

友子は古い住所録から、幼稚園時代の連絡網を探し出して、何人かに光代の消息を尋ねてみた。そのなかの一人が、いやに張り切った声で教えてくれた。

「あの方の御主人、会社の不正取引に関係してクビになったのよ。そのあとアル中になって大変だったみたい。今は下町のアパート住まいですって」

何ということだろう。すぐにでも駆けつけて力になりたい。だが、彼女が連絡を寄越さないということは、今は会いたくないからに違いない。その程度の友達だったのか、という苦い思いに打ちひしがれた。でも、落ち着いたら、きっと連絡してくれる、そう信じて待った一年だった。

再会した光代は意外に明るく元気そうで、友子はホッとした。

光代の話によると、彼女の夫は、上司の代わりに責任を取ったのだが、そのあと、ことごとく約束を破られ、再就職の道も閉ざされた。自暴自棄となって酒におぼれ、投機とギャンブルに手を出し、お金も家も失うハメになってしまった。が、今は酒もやめ、旧友が経営する会社に就職したという。そして彼女はコンビニで働いている、と。

「最初はうつむいた陰気なおばさんだったのよ。それがある日、パンを配達に来た青年から〝ダメだよ、そんな顔してたら。せっかくの幸運も逃げちゃうよ、笑って、笑って！〟と言われて思わず笑顔に。それがきっかけで変って、今では常連のお年寄りに頼りにされたりしているの」

えらいな、と思いながらも、あれほど好きだったガーデニングができない光代が気の毒でたまらなかった。

そんな気持が分かったかのように光代が言った。

「今、アパートの窓辺に置いたプランターで、ハーブや花を育てているの。この頃は、朝顔と夕顔の花がたのしみ。庭中の花に囲まれていた頃よりも、朝一輪、夕方一輪の花に深く心が通う気がするの」

ハッとした。大切なことを教えられた気がした。

「けなげに咲く花を見て、私も頑張って働こうと思う。例の英国庭園めぐりも実現するつもり。ね、一緒に行きましょうね」

「ええ、必ず」

と言いながら光代の手を握ったとき、友子の脳裡に、あこがれの庭をそぞろ歩きする二人の姿が浮かんだ。

妄想と嫉妬

パリへの一週間の出張から帰った夫が、「おみやげ」と明美に渡したのは、空港の売店の袋に入った香水だった。そんな安直なおみやげでも嬉しくて、笑顔で受け取った。

飛行機では、どんなに快適な席でも眠れないという夫は、夕食後、早々と寝室に行ったと思ったら、すぐ高鼾が聞こえてきた。

夕食の後片付けをして、テレビを少し見て、そろそろ寝ようかな、と立ち上ったとき、部屋の隅に小型のスーツケースとブリーフケースが置いてあるのに気づいた。几帳面な夫は、いつも、帰るとすぐに着がえや洗濯ものを明美に渡し、資料とブリーフケースは自分の部屋に持っていくのに。よほど疲れていたのだろう。彼も、もう若くないのだ。

そのままにしておくつもりが、ふとブリーフケースの中を見たのは、魔が差したとでも言おうか。真先に眼に飛びこんできたのは、書類の間から覗いている、オレンジ色の包装紙に包まれた有名ブランドのスカーフの箱だった。

何年か前、伯母が「私には派手だから」とそのブランドの貰い物のスカーフをまわしてくれて、明美はとても気に入って使っている。

――一体、誰に、このスカーフを？

不快な疑惑がわき上ってきた。疑惑は妄想を呼び、嫉妬心に火をつける。娘も若い姪もいないから、これは誰かよその女のために買ってきたのだ。時々、接待で行くという赤坂のクラブのママか、会社の女の子か、それとも明美の知らない女性だろうか。

夫が、結婚以来、浮いた話一つ無い真面目な男性であることは、よく知っている。それなのに、いきなり妄想＋嫉妬にとらわれたのは、夫の留守に見たイギリス映画のＤＶＤのせいだ。

登場人物の一人、中年の男性が、妻にかくれて若い女性のために美しいペンダントを買う。夫のコートのポケットに入っていたそのパッケージを見て、自分へのプレゼントと思い込んだ妻。違うと知った時の彼女の嘆き。

ひとごとだと思って見たのに、こんな状況になるなんて！　思い切って尋ねてみようか。いや、だめだ。ブリーフケースの中を見たなんて言えない。結婚以来、夫の仕事関係のものにはノータッチが習慣となっている。

翌朝、夫が出かけてから、何をしていても考えるのはスカーフのことばかり。

会社へ持って行ったのかな？　それとも置いて行ったのかしら。われながらいやになりながらも、彼の机の引き出しを開けて見た。奥の方に、オレンジ色の箱の端が見えた。

――ハサミで切りきざんでやろうかな。

幻の女に嫉妬して、本当にそんなことをやりかねない自分におびえながら一週間を過ごした。スカーフの箱は、相変らず引き出しの奥に入っている。

もう耐えられない、夫を問いつめようと、決心した日、帰宅して着がえた彼が食卓につくなり、「ハッピーバースデイ」と、例の箱を差し出した。

「え?!」

呆然として受けとった。そういえば今日はバースデイ、と気づいた。疑心暗鬼の日々でそれどころではなかった。

箱をあけると深いブルーと真紅に染めわけた中央に、星空とエッフェル塔が浮かぶ柄のスカーフが現れた。

「新婚の頃、雑誌でこの柄を見て、ほしがってたよね」

そう、だが、あの頃は前の会社にいて安月給で、手が出なかった。そんな昔のことを、夫が覚えていてくれたとは。

「五十になるのがいやだって言ってたから、パッと気が晴れるプレゼントをしようと思って、君が好きなブランドの本店に行ってみたら、復刻版のこの柄が売ってたんだ」

それで驚かせたくて、バースデイまでかくしていたのだ。それなのに邪推した自分が恥ずかしくて明美は顔が上げられなかった。深い安堵と共に嬉し涙が流れ落ちて、スカーフの星の模様を増やすのを見つめながら、今後は何があっても絶対に夫を信じよう、と心に誓った。

青年のことば

「次は公園入口です」

アナウンスを聞いて久子は衝動的にボタンを押した。いつもは終点まで乗っていくのだが、ふと公園の中の道を通りたくなったのだ。

バスが停まり、一番前の席を立って中ほどの降車口に向おうとしたが、ぎっしりと乗客が立っていて、すりぬけて行けそうもない。

「あの、前から降りてもいいですか？」

規則違反と分かっていたが、何度かそんな例を見かけたことがある。するとドライバーは黙って久子をジロジロ見ると、

「お客さん、どんどん混んでくることは、分かってたでしょ」

とマイクも切らずに言った。早めに降車口近くに移動しなかったことを責めている。そういえば彼は、何度も乗客に奥につめるようにアナウンスしていた。彼は、久子がそれを無視して前の席にとどまり、今頃になって勝手なことを言っている、と思ったようだ。

自分がわるいと思った久子は、あらためて降車口に向おうとしたが、どうみても無理だった。近くに大型のベビーカーも通路をふさいでいる。

ようやく開けてくれた前のドアを久子が降りたとき、バスの中から「降ります！　降ります！」と男性の声がした。ドライバーは久子のことに気をとられて降車口をあけるのを忘れたらしい。振りかえると学生風の青年が降りるところだった。

久子は、うなだれてトボトボと歩き出した。そのわきを通りすぎるバスの窓

から皆が自分を見ている気がして、恥ずかしかった。混んでくるのは分かっているのに移動せずに、あつかましく前から降ろせと言うオバサン……。

実は久子は、ホルモンの関係で、ひどくふとっている。足が重く膝も痛む。バスの中で一度決めた場所から動きたくないのも、そのせいなのだ。

それなのに、柄にもなく、落葉の道を歩きたくなった自分がみじめに思われて、ツーと涙が頰をつたった。

「気にすることないですよ」

ふいに声をかけられて顔をあげると、先ほどバスを降りた青年が笑顔を向けていた。久子はあわてて涙を拭いた。

「バスの運転って、結構大変らしいから、人がよさそうな人に当り散らしたくなるんじゃないかな」

と彼は久子に歩調を合わせて言う。

「私、人がよくなんかないですよ。要領わるくて、動作がにぶくて。それに小さなことでひどく傷ついてクヨクヨするの」

見知らぬ青年に、何でこんなことまで、と思ったが、口に出したら少し気持が軽くなった。

「いいこと教えてあげる。ぼく、おばあちゃんっ子で、小さい時にいろんなことわざを教えてもらったんだけど、そのなかに〝いやなこと一つあったら、いいこと二つある〟ってのがあった。それを知ってから、何か不愉快なことあっても、あ、いいこと二つある前ぶれだな、と思うとパーッと気持が明るくなるんですよ」

それだけ言うと、彼は、さわやかな笑顔を見せて、早足で歩み去った。

久子は、彼の言葉を心の中で唱えてみた。

「いやなこと一つあれば」……これは先程のバスの中の出来事だ。「いいこと二つある」……その一つは、あの青年が声をかけてくれたこと。さあ、もう一つは何かしら。心の奥に期待が芽生える。

――私って単純。

そう思いながらも、素敵なことを教わった、と嬉しい気持になった。言葉というものは、信じたとたんに力を持ち始めるとか。人生の色あいが変わっていくことを予感して、久子は澄んだ水色の空を仰いだ。

それぞれの幸せ

「今週、ダンナは出張で留守でしょ。夕方遊びに行くわよ」

いつもながらゴーイング・マイウェイのミキから電話があった。誠子の学生時代からの友達のなかで、いちばん親しく気がおけないミキ。独身のままキャリア・ウーマン街道まっしぐらで、今では部長になっている彼女は、専業主婦の誠子にとって、何かと刺激的な存在だ。

「今日はピンクシャンパンにしたわ、冷やしといて」

渡されたボトルを冷蔵庫に入れて、誠子はブルーチーズや、生ハムや、手作りのキッシュなどを大皿にならべた。

ミキは、ダイニング・キッチンで自分の家にいるようにくつろいでいる。耳もとに光るのは新しい一粒ダイヤのピアスだ。

「お仕事、忙しいんでしょ」

「もう大変。このところ、休みも返上よ。お宅は皆さん、お元気？」

「ええ、上の娘がママになるのよ、つまり、私はおばあちゃんに」

「まあ、それはおめでとう」

そういわれて、素直に「ありがとう」と言えばいいのに、その言葉が出ない。ミキの気持を慮ってしまったのだ。独身のミキには祖母となる機会は無い。誠子の感覚からすると、中年すぎて、初老から老年期へと向う女にとって孫というものは天からの御褒美と思われ、それを持てないミキを気の毒で、喜んだ顔を見せてはわるいと考えたのだ。

しかし、正直に自分に問えば、その気持の奥に優越感がある。

――ミキは男性に負けずに出世して、お金も沢山手に入って、贅沢な暮しをしている。でも、寂しい人生だわ。私の方が幸せ。

そんな思いをかくして誠子は言った。

「おばあちゃんになるなんて、全然嬉しくないわ。孫の世話を押しつけられそうで」

するとミキが笑い声をあげた。

「おやおや、また始った」

「え、何が?」

「私のこと、可哀そうに思って、無理してるんでしょ。そんな必要、全くないのよ。あなた、忘れたの？　あのときのこと」

そう言われて、まだ三十代の頃のことを思い出した。当時、相思相愛の夫と結婚して子供も生まれ、幸せな日々を送っていた誠子は、独身のまま年を重ねていくミキが気の毒でたまらなかった。それで会うたびにことさら夫に対する不満を誇張して話した。

ある日ミキが「あのねえ」と開きなおった口調で言った。

「そんなにダンナに不満があるなら、ダラダラ悪口いってないで、別れなさい。その気がないなら、グチはやめてね」

誠子は絶句した。もちろん、別れるなんで、とんでもない。ミキが気の毒で、自分の幸せをひけらかしてはいけないと考えて、無理していたのだった。そして、そのときも誠子の心の奥には、ミキに対する優越感があった……。

以来、誠子は、よけいな気を使わずに、本音でミキと語りあうようになった。それなのに今また、同じパターンを繰り返している誠子。ミキはそれと見抜いていたのだ。

「私は独身のまま、ここまできて、もう孫なんて持つことはない。でも夫や子供がいないことが平気なのと同じで、全然欲しいと思わない。そんな女もいるのよ。一方あなたみたいに、生まれないうちから、本心は孫にメロメロの女もいる。ま、ほどほどに、ね。私としては、せっかくあなたと食べ歩きや旅行ができるようになったのに、孫の世話のためにパス、なんて言われたくないのよ。さ、シャンパン、冷えたかな？　乾杯しましょ、それぞれに違うけどそれなりに充実した未来のために」

ミキは手ぎわよく栓を抜くと、二人のグラスにきれいな泡をたてながら注いだ。

シュークリーム解禁

千津は、家の近くのK町で一番人気の洋菓子店に寄り、ケーキを買った。母へのおみやげにショートケーキかチーズケーキ、自分のためにシュークリームを、週一度訪ねるときに持参するのが習慣となっている。

父が亡くなったとき、千津は夫と相談して、「二世帯住宅を建てて一緒に住みましょう」と言ったのだが、母は「一人暮らしが一番」と、取り合わなかった。

「お父さんに気をつかった一生だったから、少しのんびりしてから死にたいの」

などと言う。千津は一人娘なので母の老後に責任を持たなくては、と考えているのだが、放っておいてほしい、の一点張り。いつの間にか、かわいげの無い老女になったものだ。

いつものようにダージリンをいれ母にショートケーキをすすめると、

「今日はシュークリームいただきたいわ」

と言うではないか。

「え、お母さん、シュークリーム嫌いだったんじゃない？」

「いいえ、子供の頃から大好きだった。でも、あるときから食べないことにしたの」

「まあ、どうして」

母は、ちょっとためらったが、新婚の頃の出来事を話し始めた。

父は母より十歳年上のサラリーマンで出世が早く、当時すでに課長となっていた。部下を連れて飲み歩くのが好きで、そのたびに家に彼等を伴い、飲みなおした。「奥さんも一杯」とすすめられたが、飲めないと断ることにしていた。

「じゃ、甘党ですね」

「はい、シュークリームが一番好き」

そんなやりとりを聞いて新入社員の青年が、

「ぼく、ケーキ作りが趣味で、シュークリームも得意です。今度焼きたてをお持ちしますよ」

と言った。酒の席の上の冗談かと思ったら、次の日曜日、チャイムの音にドアをあけると、彼が箱を持って立っていた。ヴァニラのやさしい匂いが漂ってくる。

あわてて夫に彼の来訪を伝えると、不快気に風邪だからと言って帰せ、と。玄関に戻って、しどろもどろになって説明した。ひどく気まずかったが、彼は「お大事に」とさわやかな笑顔で言い、シュークリームを置いて行った。

そのあと、こってりとしぼられた。夫の会社での立場を考えろ、へんな噂が立ったら、彼のためにもならない、大体おまえは軽率だ、等々と。

「お父さん、やきもち焼いてたのかしら」

千津は若き日の父の思いがけない一面を知った気がした。

「少しは、それもあったかも。私も同年輩の彼と話す時はついはしゃいでしまったし。でもそのことがあってから、シュークリームが好き、と気軽に言えなくなってしまってね」

そういえば、母がシュークリームを買ってきたことはなかった。来客のお土産のケーキの中にシュークリームがまじっていても、母は取ったことがなく、てっきり嫌いなのだと千津は思い込んでしまった。

「でも、お父さんは、疾《と》っくにそんなこと忘れてたと思うけど」

「いいえ、人間って意外と小さなことを忘れないものよ。お父さんは結構デリケートだったし」

それにしても、たかがシュークリームに、そんなに長くこだわった母を「バカみたい」と思うと同時に、いじらしくも感じた。一事が万事で、母は千津の知らない気づかいを重ねてきたに違いない。そう思うと、今はのんびり一人暮らしをしたい、という母の気持がわかる気がした。

千津は、お菓子作りは苦手なのだが、頑張ってシュークリームに挑戦して、今度来る時は皮はパリッと香ばしく、クリームはトロリとして甘い焼きたてをお土産にしよう、と心に決めた。

一人の部屋

以前は若者向きと思って敬遠していたチェーン店のカフェに、いつ頃からか千恵子は買物に出るたびに立ち寄るようになった。

通りに面したカウンター席でコーヒーを飲みながら、道行く人を眺めるひとき。

——今の私は妻でも母でも祖母でもない一人の女。

と思う。日頃は自分が女であることなど忘れている。昼間は二世帯住宅に住む孫たちにまつわりつかれながら家事に追われ、夕方からは夫や、大学生の息子の世話。早婚だった千恵子はまだ体力は充分にあるのだが、自分を生かしきれないまま一生を終わるのかと思うと、気が滅入って仕方がない。

もしかして初老期ウツ病？　などと考えるとさらに落ち込むのだが、一人でコーヒーを飲んでいると、つかの間気分が明るくなる。

――イギリスの女性作家が、「わたし一人の部屋」が生き生きとした創作生活には必要、と書いていたけど、作家でなくても一人の部屋は必要だわ。

しかし千恵子の場合、一人の部屋など望めない。だから、この時間が大切なのだ。

そんなことを考えていたら、ふいに隣に座った女性が話しかけてきた。

「私、近々大きな手術をするんですよ」

「え？」

見れば同年輩の、けわしい表情の女性だ。

「主人は心配もしてくれないんです。彼、エゴイストのアル中なの」

一体なぜ、そんな話を初対面の相手にするのだろうか、少しおかしいのかもしれない、と千恵子は思わず身を引いた。

「息子たちも知らん顔。家族って何かしら」

「……」

「去年は両親が亡くなって、相続で大モメ。結局、兄弟とは義絶」

千恵子は気分がわるくなってきた。せっかくの〝一人の部屋〟の、見えない壁を破って侵入してきた身勝手な女性。さっさと立ち去りたいが、生来気が弱い千恵子は、それができない。

彼女はなおも不妊症の冷たい嫁やパラサイトの息子たちの悪口を話し続ける。

「それで今まで、つらいことが起こると親友に聞いてもらったのに、先日〝身から出たサビ〟と言われてカッとして絶交したわ。私にとって、それが一番つらかった」

うつむいて目元をハンカチで押えているのを見て、千恵子は胸を衝かれた。話すことには浄化作用があるというから、彼女は親友によって一種の救いを得ていたのだろう。その人を失い、今、大きな手術を前にして、不安でやりばのない思いを、あとくされの無い見知らぬ相手に話すことに救いを求めたのではないだろうか。

気の毒になって、千恵子は長々と続く話を黙って聞くことにした。彼女は胸のうちをすべてさらけ出すと「ありがとう」と言って立って行った。

帰途につきながら千恵子は不思議な気がした。一方的に聞かされた話から、二人は同じ年齢であるばかりか、学歴も結婚した年も子供の数も同じと分った。夫も同じサラリーマン。

井上公三

Éclosion rose　「淡紅の開花」

――もしかしたら、私の人生もあんな風になったかも。

そう考えてヒヤリとした。千恵子の両親はまだ健在だし、夫は真面目で子供たちもまとも。一家そろって健康で、一生の友もいる。

ふいに千恵子は自分が恥ずかしくなった。出世欲の無い夫をふがいなく思い、子供たちの職業や学校に不満を覚え、ときには孫たちをうるさくうとましく感じ、親友にはグチばかり言っている……。

これからは無いものねだりはやめて、あるものを数え上げて感謝しようと心に決めた。

――それにしても、一人の部屋は大切。

幸いリビングルームは広いので、通販でおしゃれな衝立と小さなデスクを買い、コーナーに〝私の部屋〟を作った。棚に好きな本や小物や、長い間中断していた英会話の教材をならべ、午后のひととき、孫も入れない一人の時間を確保した。気がついたらウツ気分は消えていた。あれ以来、カフェへはすっかり足が遠のいている。

旅のサプライズ

あこがれの一人旅でイギリスを訪れた二日目に、真奈美は大失敗をしてしまった。ロンドンの駅で、湖水地方のウィンダミア行きの急行の往復切符を買った際に、カードを置き忘れたのだ。発車までに時間があったので、構内のショップで買物をしようとして気がつき、窓口に戻って訊くと、即、破棄したと言う。

一瞬、パニックにおちいりかけたが、幸い現金を数万円分、ポンドに替えて持っていた。「カードがあるから」という真奈美に、夫が押しつけるように渡してくれたお金だった。日頃から慎重な夫に、心の中で手を合わせた。それにしても、こんなことになるとは――。

イギリスへの一人旅は少女の頃からのあこがれだった。だが、未婚の頃は危険だからと、両親に禁じられた。結婚してからは家事や育児に追われて旅どころではなかった。ラジオやテレビで英会話の勉強だけは続けた。

ようやく息子たちが独立し、長年節約してためたへそくりが充分な額になった時には五十代になっていた。そこで、「停年になったら二人で行けばいいじやないか」と言う夫を説得してようやく旅立ったのに。

車窓から田園風景を眺めているうちに少し気を取りなおし、カード無しの三日間のやりくりプランを立てることにした。一泊目のホテルは仕方ないが、続く日々はキャンセルして、安いBB（ベッド・アンド・ブレックファースト）に移ろう。食事はパンとチーズですませ、湖水地方特産のジンジャーブレッドや、香水の買物もあきらめよう。

ただ湖水地方は交通の便がわるいと旅慣れた友人が言っていたから、一日目だけはタクシーを頼もうと考えた。

ウィンダミア駅の近くのホテルに一泊し、翌朝呼んでもらった個人タクシーのロバートは、感じのよい笑顔の中年の男性だった。一回チャーターする場合の料金を訊くと、何とか払えそうなのでほっとした。

まず、観光案内所でBBを紹介してもらってから、ピーター・ラビットの作者のポターの家へ。道中ロバートは彼女の自然保護活動について、くわしく説明してくれた。真奈美は次第にリラックスして、気がついたらカードを切られてしまったことを話していた。

「いい年をして一人旅だなんて、大それたこと考えたのが間違いかも」

と真奈美が沈んだ声で言うとロバートは真顔で言った。

「とんでもない、今のあなただからこそ一人で切りぬけて、失敗を冒険に変えてるじゃないですか」

そう言われてパッと気分が明るくなった。

「明日からバスにすると言うが、効率がわるい。そうだ一日分のチャーター代で、三日間湖水地方を案内しましょう」

「え、なぜそんなことを？」

「実は、ぼくはグラスゴーで友達と再生紙の会社を経営していたが、休暇で来た湖水地方に惚れこんで、女房を説得して移り住んだんです。以来、観光しながらお金をもらっているわけで、正直なところ、金額は問題じゃない。それより、湖水地方の魅力を、遠来の客に充分味わってほしい」

そんなわけで、真奈美は三日間、心ゆくまで旅を楽しむことができた。ワーズワースが若き日に住んだ小さなコティジや、その後移った見晴しのよい丘の邸宅。十九世紀の思想家ジョン・ラスキンの資料が充実した家。絵のようなたたずまいの湖や四百年の歴史を持つ峠のパブ。時々道をふさぐ羊の群れや空に浮かぶ雲さえ、風情があった。

旅も終ろうとする三日目の夕方、前方のグラスミア湖の上に虹が出た。

――虹《レインボウ》を見れば心がおどる、
思わずワーズワースの詩をつぶやくと、ロバートも英語で暗誦する。

「ワーズワースといえば、彼が〝水仙〟の発想を得た湖の雰囲気もすばらしい。春になったら、ぜひいらっしゃい」

「ええ、きっと。今度は夫と一緒に来るわ」

虹をみつめながら真奈美は必ずそうしようと心に誓った。

みんなよい日

このところ久美子は子供のことが気にかかってユーウツな日々を過ごしている。

一人息子の健は、大学を出るまで親の言いなりの〝いい子〟だった。それが急に小さな劇団に入って芝居をやりたいと言い出し、さっさと無給の劇団員になってしまった。

夫は「やらせておけ」と言うだけだ。サラリーマンとして出世もせず間もなく定年の彼のことを、久美子は長年飽き足らなく思っていたが、それでも安定した仕事を持って家族を養ってきてえらい、と今さらながら思う。息子にそう言うと「ぼくは、おやじとは違う」などと生意気な言葉を返す。

両親に似てルックスも声も良くない息子が、舞台俳優として成功できるはずがない、と思うと久美子の心は暗く沈んでいく一方だ。楽しみだった友達との食べ歩きにも出かける気になれず、買い物は戸別配達の生協で済ませ、一日中テレビを見たり本を読んだりしていた。

そんな久美子の事を心配して、親友のアキが毎日外へ出かける事を強く勧めた。

そこで重い腰を上げて、バスで十五分ほどのターミナル駅近くの専門店集合ビルまで出かけることにした。

ある日、その中の書店でＮＨＫで放映した「花子とアン」の関連コーナーの前を通りかかった。『赤毛のアン』は少女の頃の愛読書だったので久美子は毎朝「花子とアン」を見ていたし、花子の伝記も読んでいた。

並んでいる本の中の童話集を手にとって、パラパラとページを繰ると「みんなよい日」というタイトルが目に止まった。飛ばし読みすると、こんなところがあった。

「たのしい心と、元気なお顔、あいだの段々は笑い声。夢でひろったはしごです」

そのナゾのような言葉に奇妙に心惹かれて久美子は、初めから読んでみた。

――幼い男の子、道雄は雨の日に飽き飽きしている。すると、時計の中から小人が現れて、梯子をかけて様々なお天気の国へ連れて行ってくれる。それらはどの日も、それぞれに美しい。そして小人は道雄が一番好きな〝いいお天気の城〟へ行く梯子の作り方を教える。

「たのしい心と元気な顔、この二つが縦の二本の棒になるのだ。この二本の棒を立てたら、その間の階段は笑い声だ」

目覚めた道雄は母に言う。

「お母さん、どんな日でもみんないい日なのよ」

「まあ、道雄、お前、いつ、そんなことをおぼえたの?」

そのときの道雄の答えが夢で見た階段のことなのだ。なんと素晴らしい言葉だろう。花子は道雄という名の愛児を急病で亡くしている。これは利発な子供だったという道雄が、実際に口にした言葉かもしれない。

そんな子供を亡くした花子の悲しみは、どんなに大きかったことか。だが彼女は不幸を乗り越えて、子供達がこの世の生を「みんなよい日」と思って幸せに生きるようにと願い、この童話を書いたのだ。

ふいに久美子は、息子が幼い頃、肺炎で死線をさまよった時のことを思い出した。生きていてくれたら何もいらない、と祈り続け、奇跡的に回復した時には、ただもう嬉しく神に感謝した。なぜ、それを忘れていたのだろう。

——道雄ちゃんと違って、健は生きのびた。

そう思うと、涙が溢れた。無事に成長して、今やりたい事をみつけている彼。応援してやろう、と初めて思った。そして、自分もたのしい心、元気な顔、笑い声を取り戻そう。そう考えると、久しぶりに晴れ晴れと明るい気持ちになった。

ハンサムな夫

結婚するまで、千晶は自分が嫉妬深い女とは思っていなかった。新婚旅行のとき、行く先々で夫は女性たちからモーションをかけられて——少なくとも千晶にはそう感じられ、極めて不快で、そのとき彼女の嫉妬本能（？）は目覚めてしまった。

悪いのは夫である。といっても本人は浮気心ゼロの堅い人間なのだが、六十歳を越した今もハンサムとかイケメンとか言われる美男子で、しかも女性を引き付けるオーラを放っているのだ。

正直なところ、千晶も見合いの時、彼の容貌に一目惚れした。その気持ちは今も変わらない。

彼の方は、千晶が健康でやさしい感じだったので決めたという。彼女はたれ目の下ぶくれで、子供の頃おかめというあだ名だった。

美男子は大抵そうだが、夫も自分の顔を全く意識せず、根が優しいので誰に対しても親切だ。それを特別の好意と受け止めて反応する女性も多く、若い頃、千晶はよくイライラしたものだった。ファミリーレストランでも、遊園地でも、運動会でもモテモテの彼。会社でも？　と、思うと気が気ではなかった。

そんな自分を病的だと思い悩んだあげく、夫の姉に相談してみた。千晶より十歳年長で苦労人の彼女は、親身になって話を聞き、アドバイスしてくれた。

「小さい時から可愛くて優しい子で、誰からも慕われていたわ。でも真面目で奥手だったし、今愛しているのはあなた一人よ。そのことを信じなくちゃだめ。そしてあなた自身、もっと自分に自信を持つこと。余計な事にクヨクヨしてる暇があったら、何か打ち込める事を見つけて。自然と世界が広がって、自信も生まれてくるから」

そんなわけで千晶は「何か」を探し始めた。子育て中は集中できなかったが、少なくとも夫の行動ばかり気にしている、ということは無くなった。朗読、お茶、俳画、習字、ブリッジ、フラダンスなど手当たり次第やってみて結局、短歌に落ち着いたのは子供たちが結婚して家を出たあと、五十代になってからだった。カルチャーセンターの講師が主宰する小さな結社に入って、熱心に作歌した。

うれしいことに、夫は千晶の行動に関心を持ち、彼女の作品のランクが歌誌で上がっていくのを喜び、さらに高みを目指せと励ましてくれた。

同じ頃、千晶は自分がもてることに気がついた。結社の仲間の男性から「笑顔がいい、癒される」と言われ食事に誘われたり、奈良への吟行の折「『鳥毛《とりげ》立《りゅう》女屏風《じょのびょうぶ》』の女そっくりですね」と行きずりの男性からつきまとわれたり、同窓会で再会した何人かの〝男子〟からメールが来たり。

若い頃には全く無いことだった。多分、夫以外に関心を持てる生きがいを見つけて、心にゆとりと自信が生まれた結果だろう。

遅ればせながら、千晶は夫の気持ちが分かった気がした。関心の無い相手にもてても、少しも嬉しくない。それどころか、わずらわしいのだ。そんな思いを正直に夫に話すと、彼はようやく分かったのか、という表情で笑った。

今や、それぞれに異性にもてて、でも心はお互い以外の人間が入り込めない一心同体の夫婦。そんな自分たちのことを歌う一首を、と千晶は朝夕に試行錯誤している。

桜吹雪

桜の季節になると、幸代の心は騒ぐ。つぼみも満開の花も好きだが、最高だと思うのは散る桜。その光景に十数年前に見た歌舞伎「金閣寺」の桜吹雪のシーンが重なるからだ。

その頃、幸代は人生で最も苦しい時を過ごしていた。友人の保証人となった夫が、多額の借金を肩代わりすることになり、心労のあまり倒れて入院。肝臓がひどい状態になっていて、退院の目途がたたないまま日が過ぎていき、その間にリストラされてしまった。

わずかな退職金も焼け石に水で、幸代は借金の返済と、夫の入院費と生活費のためにビルと個人宅の清掃の仕事を掛け持ちして働いた。趣味のフラワーデザインもやめ、ベランダのプランターに植えた花の水やりも忘れるほど、身も心も疲れきった日々を送っていた。既に親はなく、親戚とも疎遠、頼りになる子供もいなかった。

そんな或る日、仕事先の老婦人から、歌舞伎のチケットを渡された。「私、今そんな時間も気持ちのゆとりも無いんです」と押し戻すと、日頃幸代に目をかけ、優しくしてくれる彼女は言った。

「そういう時こそ、ひととき現実を忘れて、楽しく綺麗な作り事の世界に心を遊ばせることが必要なのよ。さもないと生きるのに疲れて、何もかも放り出したくなってしまいますよ」

幸代はハッとした。図星だったからだ。

それで「金閣寺」を観ることになったのだった。物語の舞台は室町時代の京都。悪人の大膳から金閣寺の天井画の竜を描くように命じられた直信は拒んで牢に。妻の雪姫は雪舟の孫なので、大膳は代わりに彼女に描けと命じる。彼の、姫に対する横恋慕や、親の仇だったこともからみ、反抗する姫は縛られ、桜の大木につながれる。桜吹雪の下で雪姫は泣き悲しむが、ふと祖父の雪舟が幼少の頃、柱に縛りつけられたとき、流した涙で描いたネズミが縄を喰い切ったという故事を思い出す。そこで散り頻る桜の花びらを集め、爪先を筆に、流した涙と花びらを絵具に見立ててネズミを描く。一念が天に通じたかのように、黒子が持つ竿の先のネズミが現れて縄を喰いちぎる。

幸代は夢見心地で舞台の成り行きを見つめた。縛られた雪姫に、生活苦でがんじがらめの自分を重ね、救いのネズミの出現に霊感を与えられた気がした。

――必ず助かるという一念を込めた涙と技があれば〝縄〟を切る〝ネズミ〟を作りだせる。雪姫の場合は美しい花がらみ、というところが特に素晴らしい。私にも、きっとできる！

と自分に言い聞かせた。

翌日から幸代は、夫の病気以来中断していた英国のアーティストの指導書によるフラワーデザインの独習を再開した。食費を削ってでも材料の花を買ってアレンジしていると気分が上がり、ポジティブになっていった。

やがて〝縄〟は少しずつ切れていった。まず夫の病気に最新の療法が効いて快方に向かった。例の友人が再起して事業に成功し、夫が保証人として負っていた借金を返済した上に、その会社の重役に迎えてくれた。気が付いたら幸代は元の専業主婦に戻っていた。

夫に背中を押されて、香りを意識したフラワーデザイン展を市民文化センターで開催したのが評判となり、教室を開くことになった。今では受講生も増え、英国への研修旅行も年中行事となっている。

すべては「金閣寺」から始まったと思い、幸代は桜の季節には必ず花に会いに行く。それ以外の季節に、心が鬱屈することがあると、あの日花道から拾ってきたうす紅の紙の花びらを取り出して眺める。すると、雪姫の桜吹雪の場面がよみがえり、晴れやかな気分を取り戻すことができる。

香るテディベア

五十代も半ばを過ぎると、クローゼットはあまり着ないのに処分できない服でいっぱいになる。少なくとも一枚の場合は。

そんな彼女に、友人の夏美は、いつもズバズバとアドバイスする。

「さえない服は、さっさと捨てて、パワードレスだけにしなさいよ」

「パワードレス？」

「着た時に気分が上がる服。人前に出たとき気後れせず自信が持てる服。手持ちのものをチェックしてみて」

家に帰り、クローゼットの中の服を取り出してみた。流行遅れのものが多く、比較的新しい服もパッとしない。

しかし、どの服も思い出が絡み、高価だったものも多く捨てがたい。一枝は異常なまでに物持ちが良いので、中には新婚の頃の服や娘が私立の小学校に受かった時の服まで混ざっている。

夏美によれば、ブランド品でも、売ろうとすれば二束三文。避難キャンプなどへの寄付も、おしゃれ着は喜ばれないから資源ゴミに出すか、ハサミを入れて雑巾にしてしまうのが一番とのことだ。

気が小さい一枝は、とてもそんなことはできない。でも古い服を処分しないことには、新しい服を買う気にはなれない。

くよくよと考えているうちに、ふいに結婚して間もなく、似合わなくなった未婚の頃のワンピースからテディベアを作って年下の従妹に贈り、喜ばれたことを思い出した。それなら古い服が再び生きると、一枝は嬉しくなり、まず新婚旅行の時の服を解いてアイロンをかけた。テディベアの型紙を探し出して裁ち、縫い始めると、久しぶりにものを作り出す楽しさを感じて心が踊った。

ふと、以前ポプリの教室で教わった「握手人形」のことを思い出した。それは、手の先にラヴェンダーを詰めた猫の形のぬいぐるみで、首に「握手して下さい。香りでお返事します」と書いたカードを下げているもの。

一枝はテディベアの手の先にラヴェンダーを詰め、カードも作った。ラヴェンダーは長持ちするハーブで、香りは精神を安定させる。一枝にとっては新婚旅行の時に訪れた北海道の富良野の幸せな思い出を蘇らせる香りだ。

出来上がったテディベアを、次に夏美に会った時に見せると、意外なほどほめてくれた。

「私にも作って。実は私もパワーゼロだけど思い出があって捨てられない服があるの」

というわけで、いくつものテディベアが誕生。

その後、夏美のコーラス仲間に作り方を教えてと頼まれ、先生の紹介でカルチャーセンターで一回講習会を開くことになった。

一回が三回となり、やがて月に一度の定期講座となったのには自分でも驚いた。引っ込み思案の彼女を終始勇気づけたのは夏美である。

彼女は「捨てられない服を香るラッキー・ベアに」とか「幸せを呼ぶ世界で一つのオキシトシン・ベア」といったユニークなキャッチフレーズも作ってくれた。オキシトシンとは、人や動物と触れ合うと脳内に分泌される愛情ホルモンで、ぬいぐるみでも〝効く〟とのこと。オキシトシンが出ると、幸福ホルモンと呼ばれるセロトニンも出る。セロトニンは不眠やウツも改善する。

講座では服を解いたりせず、大胆にハサミを入れて、手縫いで仕上げることにした。受講生が持って来る服は様々で、中にはウェディングドレスも！　嬉しいことに夫は一枝の活躍を喜び「若返ったね」と。新しいパワードレスを着て一緒に出かけることも増えた。

新婚旅行の服から生まれたベアは、いつも枕辺で二人を守っている。

白髪染めを卒業したら

良子が白髪染めをやめようと思ったのは、イギリス旅行がきっかけだった。ガーデン巡りの十日間のツアーの間に、何人かの素敵な白髪の女性に出会ったからだ。

現地の案内役、ナショナルトラストの責任者やボランティアの説明係、ホテルの支配人。様々な職業の年輩の女性たちは、ノーメイクか薄化粧の肌が、白髪によって引き立ち、若々しく見えた。訊けば五十代から七十代で、ツアーの一行と同年齢だ。

だが、十数名の日本人勢は、七十代の白髪の女性二名を除いて、残りは明らかに染めていると分かる茶色か黒の髪。それが日が過ぎるにつれて、髪の根元が伸びてきて、中にはてっぺんが河童のお皿のように白っぽく目立ってくる人もいた。良子もその一人で、中途半端な状態が気になり、よけいに英国人の女性たちのナチュラルな髪が美しく見えた。

帰国してすぐに、白髪をおしゃれにカットしている年上の友人に相談してみた。

「白髪染めを卒業したいんだけど」

「あら、いいんじゃない。そうだ、ソルトンセサミって知ってる?」

それは髪を染めない熟年の歌手や女優が作っている会で、ソルト(塩)とセサミ(ゴマ)、つまり「ゴマ塩頭」の会という意味。社会活動をしている素敵な女性達のこと。

「彼女たちがマスコミに取り上げられてから、若く見せるための染髪をやめた素敵なソルトンセサミ族が増えたみたいよ」

友人の言葉に大いに元気づけられて、良子は心を決めた。母方の遺伝で白髪が早かったので、しばらくすると殆ど〝ソルト〟の状態になったのでショートカットにした。

その頃、ずっと独身で仕事を続け、今では建築事務所を共同経営している旧友の栄子と久しぶりに会うことになった。彼女は一目見て「素敵!」とほめてくれた。だが、彼女自身は、濃い茶色に染めている。

「私は、仕事を続けている間は、染めるつもり。若く見られたいわけではないけれど、白髪の同業の女性が、仕事仲間やクライアントから、必要以上に労わられたり、気をつかわれたりしているのを見て、仕事に支障があると思ったの。私には、余計な心配は無用、と気を張っている証拠の一つが、白髪染めということかな。ほら、『平家物語』に、敵にあなどられないために、髪を染める武士が出てくるでしょ。あんな心境」

何て大げさな、と思ったが彼女は本気らしい。確かに日本では、特に仕事の場に於いては髪の色であれこれ判断されることが多いようだ。だから反逆的(?)なソルトンセサミが話題になるのだろう。要するに、自分がいいと思うようにすればいいのだ、と思う。

良子自身は白髪が伸びるのを気にすることから解放されてハッピーだ。幸い家族も友人たちも「自然な感じでいいね」と言ってくれるのもうれしい。不思議と綺麗な色が似合うようになったので、来年の還暦記念の同級会には明るい赤色の服で出かけようと思っている。

天使の羽

高校時代の親友のサチから、「辻井伸行ピアノコンサート」に誘われた。クラシック音楽が好きな彼女は、演奏会によく出かけ、圭子にも時々声をかける。今回は、かつて天才少年と言われ今も大人気の、生まれつき眼が不自由な青年のコンサートで、チケットを取るのが大変だったという。

「ぜひあなたに聞かせたいの。素晴らしい演奏だから」

大ファンだという彼女は、楽譜を読むことが不可能な彼が、幼時からいかに耳から音を聴きわけて、名曲をマスターしたか、くわしく語った。

「彼の眼の障害を知ったお母さんは、赤ちゃんのときから、彼が音楽、特にショパンの『英雄のポロネーズ』を聴くと全身でリズムを取ることに気づいたんですって。二歳のときには、お母さんの歌に合わせて、おもちゃのピアノでジングルベルを弾いたそうよ。そこで早くからピアノを習わせたの。デビューしてからは、数々のコンクールに優勝して、今や国際的に認められているわ」

会場に向う電車の中で、彼女は熱っぽく話を続けた。

圭子はもともと音楽にはうとい方で、サチに誘われて出かけるコンサートでも途中で眠ってしまったりする。大切な友達の彼女と共に過ごす時間を大切にしたくて出かける、というのが本音だ。彼女の方も、圭子が誘う美術展に同じようにつきあうという感じ。それでいいと思っている。

コンサートで演奏された古典的な名曲を、圭子はそれなりに楽しんだが、サチをはじめ聴衆の感動ぶりにはついていけない気がした。

そんな圭子に劇的な変化が起こったのは、彼がアンコールに応えた演奏のときだった。

「十歳のとき、演奏旅行でニューヨークへ行きました。ロックフェラーセンターのクリスマスツリーに触れたかったのですが、高すぎて無理でした。その代わり、下にあったオブジェの天使の羽に触ったら、手のような感じがしました。そのときの思いを込めて作った曲です」

と言って彼が弾きはじめたのは、軽やかな美しいメロディーがリフレインする曲だった。そのメロディーは、清らかなあこがれを表しているかのようで、心をゆすぶられた。圭子は曲に乗って天に昇っていくような気持ちになった。眼下に広がる雪のニューヨークや、巨大なクリスマスツリーの輝きを感じ、さらに天使の羽にふれたときの彼の、純な喜びを感じた。

――羽にふれたとき、彼は天使と交信する力を得たのではないかしら。

そう思うと、彼が演奏しながら顔をあげて、時々うなずくようなしぐさをする謎が解けた気がした。彼は天使のささやきに答えつつ、演奏しているのだ！

圭子は初めて彼の演奏に強い関心を抱いた。アンコールで、この曲に出合うまで、ぼうっと聞き流したベートーヴェンやモーツァルトの曲を、もう一度聴きたくなった。

「ぜひ、また彼のコンサートに誘ってね」

と帰り道でサチに熱心に頼んだ。彼のオリジナル小曲を通じて、天使は圭子に新しい世界の扉を開いてくれたのだ。

【参考】『辻井伸行の世界』株式会社ユーキャン

天使のお通り

晶子は、市の公園の片隅に花壇を作るボランティアのグループに入っている。三十名ほどのメンバーが、七、八名の班に分かれて、週に一度、手入れに行く。花やハーブの手入れはとても楽しく、公園を訪れる人々を喜ばせると思うと達成感のようなものを感じる。今の晶子の生きがいだ。

グループのメンバーは五十代から六十代の女性で、子育ても卒業し、時間のゆとりもある人たちだ。手入れのあとは、ファミリーレストランで話しながら食事をする。いくつになっても〝女子会〟のおしゃべりは楽しいはずだった。ところが、話題は夫や子供や孫の自慢話になりがちで、早く未亡人となって一人暮らしの晶子には全然面白くない。

その上、リーダー格の勝代は、誰かが話し始めると「うちの子のときは」とか「私の経験では」などと話をとってしまう癖がある。ときには相手が話し終わらないうちにかぶせるように始める。それを彼女はこんな風に正当化して言う。

「私は皆で話していて、会話がとぎれて気まずい空気が流れるのが嫌い。だから、そうならないように、いつも気を遣っているの」

それを聞いたとき晶子は十代の頃、父から言われたことを思い出した。

「女の人たちの会話を聞いていると〝間〟というものが無い。相手の話に耳を傾けずに、自分のことばかり喋っている。外国の言葉に〝天使のお通り〟というのがあるが、それは会話の中の間を指している。女同士が話すときに必要なのは天使のお通りだよ」

父は、女きょうだい達や、母と女友達の会話を聞いて、痛感していたようだった。

勝代に対抗して大声で話し続ける人もいたり、いつか二つのグループに分れて、ガヤガヤと話したり、といった時間が晶子は次第に苦痛になり、理由をつけて早く帰るようになった。

ある日、駅への道で「あなたも？」と声をかけられた。晶子と同じように、いつも聞き役でおしゃべりに加わらない弓子だった。

「そう、何か疲れちゃって」

「そうよね、二人でどこかで食事しない？」

それをきっかけに、二人で帰るようになった。メンバーのことを考えると、少しうしろめたい気がしたが「この年になったら、もうガマンはいや」とひらきなおる気持ちになって、相手の話を咀嚼する間のある会話と食事を楽しむことにした。

何回か会っているうちに、音楽の好みが似ていたり、同じ国際的な子供のためのチャリティーに寄付していたり、犬好きだったり、共通点がいくつかあることがわかった。

ある日、ふと〝天使のお通り〟の話をしてみた。

「あ、それフランス映画の中に出てきた言葉。ちょっと複雑なニュアンスが感じられて素敵なシーンだったわ」

それを聞いた瞬間、晶子は、弓子との出会いを天使の引き合わせ、と感じた。いくつになっても、こんな素敵な出会いがある、と思うと心が晴れ晴れと明るくなった。

赤毛のアンとの再会

牧子は桜の花が大好きだ。西行の歌ゆかりの〝吉野の桜〟にあこがれて、実際に訪ねてみたいと、いつ頃からか思い続けていた。

しかし、夫の転勤や子供たちの学校など、なにかと四月は気ぜわしく、吉野どころではないまま歳月がすぎた。

夫婦が銀婚式を迎えた昨年、夫が吉野山へのツアーを「記念に」と申し込んでくれて、牧子は大変感激したのだった。しかしコロナ禍の影響で旅は不可能になってしまった。

その後も事態は収束せず、他県に嫁いだ娘と会うことも難しく、旅どころではない日々である。夫は在宅の仕事が多くなり、慣れないリモートワークにストレスが増している。牧子も、カルチャーセンターの英会話の講座や市の体操教室が休みとなり、友達との観劇や食事会も延期となって、気が沈む日が続いている。好きなガーデニングも楽しむ気になれない。

——こんな心の状態を野放しにしていたら、ウツになってしまう。

と思ったとき、記憶の底から浮かび上がってきたのは『赤毛のアン』の中の言葉だった。

「楽しもうとかたく決心すれば大抵いつでも楽しくできるのが、あたしのたちなんです」

初めて読んだ十代の頃、大好きになって、何度も再読し、結婚するときも持って来た『赤毛のアン』。久しぶりに書棚から取り出して読み始めたら、とまらなくなった。

アン・シャーリーは十一歳の孤児。プリンスエドワード島のグリーンゲイブルズに畑の手伝いの男の子と間違えて、もらわれて来る。時は春、島は桜や杏やりんごの花が咲き匂う最高に美しいとき。アンは、夢中になり喜ぶ。ところが、この話は行き違いとわかり、絶望のどん底に落ちてしまう。しかし翌日、仲介した人にアンを返すために一緒に出かけたマリラに云う言葉が「楽しもうとかたく決心すれば」である。

そして、この「楽しむ心」が引きよせたかのように意外な展開が起こり、アンはグリーンゲイブルズに居られることになる。マンガ家のサトウサンペイ氏によれば「アンの想像が現実を創造」したのだ。彼女は日々の生活を心ゆくまで愛で、足りないところは「想像の余地がある」と楽しむ。

読み進むうちに牧子の心は、少しずつ明るくなっていった。

――そうだ、アンが「歓喜の小径」と呼んだグリーンゲイブルズの桜並木を思わせる所が町はずれにある。明日はそこにへ桜を見に行こう。吉野の桜を訪ねられる時が来るまでは、アンのように現実を楽しもう。

そう思うと、はればれとした気分になった。自分の中に今も生きているアンが、「その意気！」とささやきかけた。

2

望む

再び夢を

フランスから来日して公演中の「騎馬スペクタクル」と銘うったショーに、文子は全く関心が無かった。ところが姉が急用で行かれなくなったと、チケットを送りつけてきたので、出かけることになった。

会場は広大な公園の一角に仮設された円形劇場で、中央に直径二十メートルほどの砂を敷きつめた丸い舞台があった。文子の席は砂が飛んで来そうな最前列だった。

ショーが始まってしばらくして、羽撃《はばた》く白い鳥を頭上に高々とかかげた男が、黒い馬を駆って走りぬけた瞬間、文子の胸に忘れていた感情がよみがえった。自由へのあこがれ――。

気がついたら文子は、この〝曲馬団〟が繰り広げる世界にすっかり引き込まれていた。威勢のいい吹奏楽の音にかりたてられて疾走する馬、曲乗りする男たち。白馬を優美に歩ませ、ヴェールをなびかせる花嫁姿の娘。

音楽が変わり、かすかに哀愁を帯びた弦楽器の演奏と共に、どっしりした体格の馬が円形の砂場にゆったりしたテンポで回り始めた。その背に男が一人、二人、三人と飛び乗っては立ったり、鞍馬のような動きを見せたり、空中回転をしたり。その都度、満場の観客から喚声と拍手が沸き起る。

文子も最初、彼等の動作に見入っていたが、ふと馬に視線を移したとたん、目が離せなくなった。灰色地に、ぼたん雪のような白い斑入りの馬で、たっぷりした尾をユサユサゆすりながら、黙々と走っている。その背に荒々しく飛び乗り、気ままにアクロバットを繰り広げ、観客の賞讃をあびている演技者たち。彼等がもたらす衝撃も痛みも重みも黙って受けとめ、うつむいてパッカ、パッカと走る馬。

五周…十周…白いまつ毛を伏せて、ひたすら走り続ける馬のいじらしさに、涙がこみ上げてきた。視界がゆらぎ、なおも見つめていると、雪のような斑のボディから一つの光景が浮かび上がってきた。

——山国の高校生だった頃の冬。ぼたん雪の降る午后、仲良しの男の子と雑木林を歩いたとき、彼が文子に言った。

「君って、曲馬団の女王って感じだな。ふしぎな神通力を持ってる」

突拍子もないことを言っている、としか思わずに聞き流した。そういえば女の子から「予想もつかないところが魅力」などと言われたこともあった。

それなのに今は何の面白味もない平凡な主婦。きりがない家事と、二人の息子及び会社人間の夫の世話にあけくれ、疲れきっている。

思いに沈んでいるうちに次の演目に移り、再び白馬に乗った花嫁が現われた。今度は一巡した後、彼女はパッとヴェールと花嫁衣装をかなぐり捨て、丸刈りの白いスーツ姿の麗人に早変わりして走り去った。そのりりしさに、文子は息を飲んだ。

――私も変身しよう、本質を取り戻そう。

ふいに思った。そう、主婦だってできる。五十すぎても遅くはない！　と麗人の声が聞こえた気がした。明日から勉強を始めよう、高校生の頃の夢だったメルヘン作家目指して。ぼたん雪の馬のように、平常心で家族を乗せて走りながら、心は自由に千里を駆ける…そんな日々を送ろう。

フィナーレの音楽が鳴り響くなかで、文子は掌が痛くなるほど強く拍手し続けた。

ときめきの英会話

知子が五十歳になった記念に通い始めた英会話スクールは、ちょっと変っていた。生徒たちを入学時の面接で六段階に分け、ほぼ同じレベルの生徒を数人のグループにして、サロン風のスペースで講師を囲む形でレッスンを行うのだ。大好きな英語だったのに、子育てにかまけているうちに遠ざかっていた知子は、下から二番目のレベルからスタートすることになった。レッスン時間と講師の評価によって、レベルが上がっていくことになっている。

手続きする前は、若い生徒ばかりでは？　と心配だったが、意外と四十代から五十代の女性が多かった。レベルが同じで、よく一緒にレッスンを受けるようになった由美は、知子より十歳下だったが、ふしぎとウマが合った。

「ね、お茶していかない？」

と声をかけられたのがきっかけで親しくなった。聞けば彼女は独身のＯＬで、「御局さまもいいところ」とのこと。

「わりきって仕事してお金をためて、定年後は海外旅行三昧の日々をおくろうと思って、英会話をマスターする気になったの」

「え、定年なんて、まだまだ先でしょ」

「あっという間だと思うわ。ほんとはその前に、長いつきあいのカレと結婚したいんだけど、向こうにはその気がないみたい。ま、どっちみち、自分への投資は無駄にならないと思う。で、あなたは、なぜ英会話を？」

「英検とかＴＯＥＩＣにチャレンジしてみようかと思って。何か自信を持ちたいの」

「へえ、優等生なのね、ま、お互いがんばりましょう」

何回か一緒にレッスンを受けているうちに、あるときから由美が急にチャーミングになって知子は驚いた。美人ではないが人好きのする顔の表情が豊かになり、講師の問いかけにも積極的に答えるようになった。グループレッスンでは、気の弱い人は殆ど話さずに時間が終わることもあるが、由美は、他の生徒の顰蹙《ひんしゅく》を買うほど積極的になった。特にアレックスというハンサムなブロンド青年のレッスンのときに、それがめだった。

「アレックスから二人で梅の花を見に行こうって誘われたの、どうしようかな」

ある日のレッスンの帰りに由美が言った。答は出ている、とわかったので、知子はただ「楽しんできて」と言っただけだった。年上ぶってお説教する気はなかった。人は人、自分は自分。だが由美の奔放さを、かすかにうらやましく思い、あわてて打ち消した。

次のレッスンのあと、由美が憮然として報告したところによると、それはデートではなくて、〝営業〟だった。アレックスはすでに何人か、このスクールの生徒を個人レッスンに誘い入れていて、由美にも持ちかけたのだ。

「それもバカ高いレッスン料！　大体、この学校、個人的なつきあいもアルバイトも禁止でしょ。でもクビになっても採算とれるってうそぶいてたわ。スクールに言いつけようかしら」

「やめなさいよ。後味わるいわよ、そんなことしたら」

「そうね、放っとこう。この一ヶ月、カン違いとはいえ、彼が目を合わせてくるたびにドキドキして、結構たのしかったから、許すわ」

確かに彼女はときめき、輝いていた。その輝きは、違う理由で持続した。個人レッスンの勧誘の際、アレックスから「あなたの学力では、スクールの勉強程度で英語をマスターするのは無理」と言われたことで発奮し、猛勉強して、ぐんぐん上のレベルに進んだのだ。知子もつられて頑張った。

この出来事は、さらにサプライズをもたらした。長年にえきらなかった由美の恋人が、彼女の秘めた恋もどきのことは知らずに、イキイキと英語に熱中する姿に惚れなおしたとかでプロポーズしたのである。知子は、彼女の結婚式に英語でスピーチするつもりで今、文案を練っている。

光る時間

結婚して一年目に長男、翌年に次男が生まれて以来、千津は子供たちに振りまわされっ放しで、気がついたら五十歳になっていた。

彼等は幼い頃は病気がちで手がかかり、やがて受験や進学でさんざん親を心配させた。ようやく大学を卒業したあとも、二人は家を出ようとせず、母親をこき使っている。

「一頃《ひところ》、世話する子供が巣立ったあと寂しくてノイローゼっぽくなる空の巣症候群とかが話題になったけど、私は絶対にそんな風にならないわ。もうあきあき」

と友達のマミにぐちると、

「そんなこと言うヒトに限ってあぶないのよ。大体あなたは昔から子供に手をかけすぎ。もっとダンナ様を大事にしなさいよ。いずれ二人になるんだから」

確かに夫が温厚でやさしいのをいいことに、ひたすらわがまま息子たちの機嫌をとって過ごしてきた気がする。

現在も、会社勤めの長男はともかく、次男は在宅でコンピューター関係の仕事をしていて、千津にとってはニートをかかえているようなもの。おまけに二人とも夫に似て、土日も休日も家でゴロゴロしているのが好きで、千津は出かけることもできない。

マミに言わせると、よき母親を演じようとして自分を自分でしばっている千津がわるい、ということになるのだが。

ともかくも、早く彼等から解放されて、趣味に没頭できる時間を確保したい、と千津は願い続けた。

千津の趣味は俳句である。小学生のとき、「月の夜に木の影のびる葱《ねぎ》畑」という句を担任の先生にほめられたのがきっかけで俳句好きになった。大人になってそんなことは忘れかけていたが、PTA仲間のマミに誘われて、市の生涯学習の俳句教室に入った。その後小さな結社に加わって現在に至っている。だが、子育て中は勿論、彼等が成人してからも家事や雑用に追われ、夜は眠くて、なかなか句作に没頭できないまま日が過ぎてしまった。マミは、すでに自費出版で句集を出しているというのに。

いつか、息子たちが独立したら思いきり句作に集中しよう、と千津は洗濯や炊事をしながら思い続けた。

でも、その「いつか」はやって来ないかも、と殆ど絶望しかけた頃、突然、変化が訪れた。長男が結婚を機に独立。次男は千津には分からない特殊な技能を買われて外資系の会社に就職が決まって即、海外勤務ということになったのだ。

気がついたら、夫婦二人の生活になっていた。夫が出勤したあと、時間は丸ごと千津のものだ。自由！ 自由！ と叫びたいほどの解放感に酔った。

凝った和風の装幀のノートを買ってきて、千津は作句にとりかかった。ところが、一日、二日、三日と日がたっても、ノートは空白のままである。なぜか集中できず、とりとめのない気持のまま日が過ぎていく。大丈夫、時間はいくらでもある、と自分に言いきかせるのだが、創作意欲そのものがわいて来ない。テレビの前に坐って、つまらない番組をだらだらと見続けたり、用も無いのにデパートに出かけてブラブラと歩きまわったり。

ふいに気がついた。家族にしばられていたときには、ほんのわずかの時間が宝石のように貴重に思われ、集中して句作にとり組んだ。時間の絶対量は少なかったから、寡作だったが、自分でもひそかによいと思う句が出来た。

無駄と思っていた家族のために働いた時間が、実は自分らしい作品を生み出す土壌だったのだ。人生に於て、無駄なことは何一つ無い、という言葉を千津は思い出した。

だからと言って、今また誰かのために、自己犠牲の日々を送る気はない。もう充分だ。しばらくは、ゆとりをもって夫と二人の生活を楽しみ、大きすぎる自由に慣れることにしよう。〝空の巣〟に夢の卵を置いて、孵《かえ》るのを待つのだ。そして、これ、という句が生まれたら、色紙に書きためて、夫の趣味の水墨画とのコラボ展を、彼に提案してみよう。あせることはない、ゆっくり、ゆっくりと。

――私の人生は、これから。

千津は自分に言いきかせるように、つぶやいた。

アンティークの魅力

輝子は父親ゆずりの骨董好きである。といっても、もっぱら西洋アンティークの装身具だが。小さなアンティーク店で、ヴィクトリアンの指輪を手に入れたのがきっかけで大好きになり、嬉しいことがあった記念などに、一つまた一つと買い求めた。その資金にと、タクシーに乗ったつもり、外食をしたつもり、等々「つもり貯金」などという古風なこともする輝子に、姉は「ローンにしてもらえば？」と言うが、輝子はローンが性《しょう》に合わないのである。

そんな輝子だが、一時期、アンティークから遠のいてしまったことがある。手持ちのものまで仕舞い込んで身につけなかった。それは友達の言葉が原因だった。

「骨董とか古いものって、前に持っていた人の厄《やく》がついてるんじゃない？　得《え》体《たい》が知れないから嫌いよ」

　人の性格は、円熟すると言われる五十、六十になっても変わらないものらしい。彼女とは学生時代からのつきあいだが、当時から一言多くて、しかも人の神経を逆なでにするようなことを言った。輝子が、それにすぐ反応するのを面白がっているふしもあり、サド的だといってもよいかも。

　彼女のアンティーク攻撃は効いた。そんな言葉に左右されるなんて、ばからしいと分っていても、つい思い出してしまい、気が重くなった。気がついたら、折角のコレクションを全く身につけなくなっていた。おしゃれをして出かけても、忘れものをしたような感じで物足りない日々が続いた。

　変化は突然やってきた。書店で何気なく手にとった女性誌に、ロマンティックな作品で有名な田辺聖子さんのインタビューが載っていて、そのなかで彼女はこんなことを言っていたのだ。

「私は古い日本人形や西洋人形を集めているんだけど、うちへ来る子は皆いい子よ」

　古びた市松人形を抱いた彼女の写真も載っていて、その笑顔の明るさに輝子はひきつけられた。心から人形を愛しんでいる感じの表情。気のせいか、人形も喜んでいるかのような、「いいお顔」をしている。

——古いものが厄をもたらすか、福をもたらすかは、持ち主次第だ。

そんな考えがひらめいた。大体、骨董の品物は、魅力的で価値があるから大切にされて、時を超えて生きのびてきたのだ。もし、それにまつわる厄があったとしても、新しい持ち主の愛によって浄められる筈。「うちへ来る子は皆いい子よ」と頭から信じられたら、きっと、そうなる。どんな物にも心がある、と言うではないか。

輝子は久しぶりに、持っているアンティークのアクセサリーを全部取り出してみた。バロック・パールをつないだネックレス、パンジーの形のブローチ、小さなルビーをあしらったドレス・ウォッチ、しずく型の翡翠のイヤリング、そのほか幾つものジュエリー。あらためて昔の細工がエレガントで手が込んでいることに感嘆した。

「うちへ来る子は、皆いい子よ」

とささやきかけると、それぞれが答えるかのようにキラキラと光った。

再び、それらを身につけるようになって、しばらくして、例の口のわるい友達と新作オペラの会場でバッタリ出会った。

「あら、相変らずアンティークつけてるのね。気にならないの？」

と言う彼女に、輝子は晴れ晴れとした顔で言った。

「厄のこと？　全然。大体、古い物に厄がとりついていたとしても、太陽の光に当てれば、さっと消えちゃうんですって。知らなかった？」

それは何かの本に出ていたことで、輝子にとっては嬉しい〝情報〟だった。

友達は輝子の人が変わったように堂々とした反応に驚いた様子で早々に離れていった。いびり甲斐がないと思ったのだろう。もっと早く気がついて、自信のある態度をとればよかった。でも、これからは大丈夫、と思いながら、輝子はペンダントが映えるように、胸を張った。

花の香りの声

従妹《いとこ》のマミから話があると言われて、静子は指定された喫茶店へ出かけた。

会ってみたら、用件は「ヨーロッパ薔薇の名園めぐり」のお誘いだった。

パンフレットを広げて、マミは相変らずのカン高い大声で言う。

「二人部屋に知らない人と泊るのはいやだから、ぜひ一緒に行きたいわ。人気プランだから、すぐいっぱいになると思う。申し込んでおく？」

「主人に相談してみないと。それに……」

フリーターの息子が、イギリスの超エコカリスマとやらに会いに行きたいから、費用を出してくれ、と言っている。キャンピング・カーに住み、現金を使わないでバーターと拾い物で生活しているという男のことを取材して本に書くとか。いい加減で現実的になってほしいと思うが、結局、お金を出してやることになるだろう。かいつまんで経済事情を話すと、マミはかぶせるように声をはりあげる。

「だめよ。いつまでスネかじらせるつもり？　自分のためにお金を使いなさい。うかうかしてると、旅に出る気力も無いおばあさんになっちゃうわよ！　じゃ考えておいて」

言うことだけ言って、マミが立って行ったあと、静子は冷えた紅茶を飲みながら、思わずため息をついた。そのとき、隣りのテーブルの男性が話しかけてきた。

「すごい声のオバサンでしたね」

静子は苦笑した。臨席どころか、店中にマミの声は聞こえていたかもしれない。

「それにくらべて、あなたの声はすてきですね。最初、声だけ聞こえてきたとき、二十八歳位の女性かと思った。張りがあって、さわやかで」

その二倍近い年齢の女に向って、何てそらぞらしい、と思いながら、静子は内心わるい気はしなかった。声は、顔もスタイルもパッとしない静子の唯一の長所で、若い頃はよくほめられたものだが、そんなことは絶えて久しかったのだ。

「若ぶった作り声ではなくて天成の花のある声だ。恋人の声を百合の香りにたとえた詩があるけれど、あなたの声は、もっとすっきりした香りの、そうだ、あの花……」

そこまで聞いたとき、静子は席を立ち「失礼します」と出口に向った。そのまま聞いていたら引き込まれて行きそうでこわかった。職業の見当はつかないが、ルックスもラフな装いも静子好みの、彼女より一まわりは下に見える男性。——声にひかれただけなんて、ありえないわ。下心があるに決まってる。何

井上公三

Vignes vierges Ⅱ　「つたⅡ」

かの勧誘？　セールス？

追って来られたら、どうしようかと思ったが、マミが会計を済ませてあったので、さっと店を出られた。駅に向って急ぎながら、ホッとすると同時に、かすかに残念な気もした。

その夜、夫に報告しようと思ったが、やめた。若い頃、ナンパされかかったことを彼に言ったら、スキがあるからだと叱られたのを思い出したのだ。

静子は小さな秘密を持つことになった。その秘密は彼女を少しずつ変えていった。ひそかに自信を取り戻したことで、メークや装いも若々しく変化した。

そして自分の声をあらためて大切に思うようになった。

そんな折り、長く活躍している声優の詩の朗読を聞く機会があって、心ひかれた。

――私も声を生かしたい。

何かを始めるのに遅すぎるということはない、とか。朗読を習ってみるのもいいし、目の不自由な人のためにテープをふきこむ仕事に挑戦してもいい。あの男性が言った〝花のある声〟を、堂々と香らせてみたい。

その結果、本当の自信を持つようになったとき、どこかで彼と再会したら、

そそくさと逃げ出したりせずに、きちんと目を合わせて、

「何の花の香りでしょうか、私の声」

と訊いてみよう。そうしたら、今度こそ、一部始終を夫に話すことができるだろう。遠い日に「声に惚れた」とプロポーズした夫に。

夢追い人

――私の子育て、間違っていたのかしら。

高子は今日も溜息をつく。昼近くになっても起きて来ない娘。彼女はＯＬになって三年目に、急に画家になりたいと言いだして会社をやめ、美大の受験準備を始めた。実技の勉強のための絵画研究所で知りあった仲間とつきあい始め、このところ、連日、帰宅は夜ふけだ。

高子が意見しても馬耳東風なので、夫に、

「御近所の目もあるし、門限守るように言って下さいよ」

と頼んだが、彼は甘い父親で何も言えない。

親友の千晶にグチを言っても、「贅沢な悩みよ」といなされてしまう。二人はかつて不妊に悩み、共につらい治療を受けた。あきらめかけた頃、高子だけが妊娠した。つわりがひどく、難産だったが、娘の産声を聞いた瞬間、すべていやなことは忘れた。夫の喜びようも意外なほどだった。二人で、大切に育てた。娘は素直な賢い子で、有名私立小学校に楽々合格。そのまま短大まで進み、無事に卒業して就職したのだった。

一体、どこから画家志望などということを思いついたのかと考えてみたら、夫の父親、つまり娘の祖父が遺した油絵の風景が居間の壁に飾ってあり、時々話題にのぼっていた。

「そういえば親父は、家族のために絵はあきらめて役所勤めをしていたようだ。昔、展覧会で賞をとったこともあるそうだよ」

勘弁して、と高子は思う。まさか、満たされなかった夢を孫に、と取り憑《つ》いているのでは？

――これから一体どうなるのかしら。娘の同級生たちの多くは、もうママになっているのに。

考えていると気持はさらに落ち込み、眠りが浅くなり、食欲もなくなった。千晶にオペラやコンサートに誘われても出かける気になれない。身じまいをするのもかったるい。そんな高子に、娘はお気楽な調子で言う。

「ママ、もっとお肌の手入れをして、おしゃれしたら？　五十代は輝く年代だって熟年雑誌の広告に書いてあったよ」

それに対して、あなたのせいで輝けないのよ、と言い返したいが、ぐっと言葉を飲み込む。

そんなある日、実家を継いでいる弟から、亡き両親が若き日に交した手紙が一箱出てきたと聞き、送ってもらった。結婚前の手紙と、結婚後に仕事の都合で別居していた時の手紙で、いずれも驚くほど熱っぽいものだった。あの二人が、こんなアツアツの手紙を？　と驚きながら読み進むと、母が高子をみごもった頃、父が書いた手紙が。

――これほど強く純粋に愛しあう二人、この二人の間の子供が、よい子でない筈はありません。きっと素晴らしい可能性に満ちた子に違いない。それを信じて可愛がって大切に育てましょう。

行間から父の愛情が立ちのぼり、高子を包んだ。端正な文字が、涙でぼやけた。そう、その言葉通り、父は母と共に高子を慈しみ、可能な限り願いをかなえてくれた。無理をしてでも欲しがる物を買い与え、登校拒否をしても叱らずに見守り、さらに国内の一人旅にも海外ボランティア活動にも送り出してくれた。どんなに心配し無事を祈っていたか知ったのは、ずっと後になってからだった。

今の自分に欠けているのは、娘に対するこのような純粋な愛情と信頼だと高子は気づいた。娘が生まれたときの天に昇るような心地がよみがえった。この世に彼女が存在し元気で生きているだけで充分ではないか。あとは娘次第、娘の人生。

両親が高子の可能性を信じてくれたように今後は娘の可能性を信じようと思った。そして、もう一度、自らの可能性についても考えてみよう、と。この日頃、すっかり自信をなくし、生きる喜びを感じなくなっていたのは、娘のことに心をとらわれすぎていたから。今こそ、心機一転の時だ。

思いがけない形で届けられた天からのメッセージ。古びた手紙を高子は胸に抱きしめて「ありがとう」と語りかけた。

日ごとに楽しくなる

「日ごとに楽しくなる」

と、一枝は朝起きると真先に口ずさむ。それは友達の民子の口ぐせなのだが、一枝は暗い性格の自分をふるい立たせたくて、今年のモットーに決めたのだ。

この言葉だけでなく、一枝は民子の言動の全てに好感を持っていて、本や映画や音楽について話しあいながらのティータイムは至福の時だ。

五十代になって、これほど心が通う新しい友達ができるなんて、思いもよらなかった。彼女は近所の住人で、町内会の集まりの時に出会ったのがきっかけで、年齢差が大きいのに気が合うことがわかり、交際が始まったのだった。もっぱら一枝が民子の家を訪ねるのは、彼女が気楽な一人暮らしだからである。一枝の家には客嫌いな姑がいるので、夫や息子の留守の時も、人を招くことは滅多にない。

姑は民子と同年輩なのだが、ぐっと老けて見える。「年をとるっていやね。面白いことは何もない」というのが口ぐせの姑は、不機嫌そうなしわだらけの顔をしているが、「日ごとに楽しくなる」が口ぐせの民子は笑いじわだけが目立つ福々しい顔をしてる。性格や考え方が、長年のうちに女の顔を作っていくのだろうか。姑はひがみっぽく、人のわるぐちばかり言っているが、民子はポジティブで明るい。

「トシなんて考えない。今ここに生きていることを恵みと思って楽しみたい。私の夫は人格者だったけど禁欲的で、チャリティ活動やボランティアが生きがいの人だったので、私も一緒に打ち込んだわ。でも彼が亡くなったとき、もう充分、これからは自分を喜ばせようと思ったの」

以来、映画、演劇、オペラ、歌舞伎などに親しみ、海外旅行にも出かけた。

「でも〝軍資金〟が尽きてきたので最近は、あまりお金をかけずにできることをしているの」

とのことで木彫り、編物、スケッチ、カリグラフィーなどを市のカルチャー教室や友人仲間で楽しんでいる。

だが、今彼女が夢中になっているのは、自分で考案した記念切手の豆本作り。花・山・名画・鳥・文化人ほか色々なシリーズの使用済み切手を小さな本に仕上げるのだ。

切手は同好会の催しや専門店で探す。新品をカタログなどで買うより時間がかかるが、それも楽しみとのこと。

「切手って、手紙を運んで人と人とを結びつけるものでしょ。そんな役割を果たしたしるしのある使用済み切手が愛しいのよ」

民子の話を聞きながら数々の豆本を眺めていると「日ごとに楽しくなる」という彼女の気持ちがよくわかる気がした。過ぎて行く日々の中に、たとえ小さくても目的と達成感があれば、どんな一日も意味がある。今の彼女にとっての切手豆本のような〝何か〟を、自分もぜひ見つけたいと一枝は思う。まずは言《こと》霊《だま》の力を借りようと、「日ごとに楽しくなる」と心の中で繰り返していると、本当に楽しい気分になってきて、近々〝何か〟との出会いがありそうな気がしてくる。

守られて

哲子は冷蔵庫の扉に、ごちゃごちゃとシールやメモを貼るのは好きでない。

だが一つだけ、二十年以上も、冷蔵庫を買い換えてもつけているものがある。聖母子像とローマ法王の写真を組み合せた小さな額だ。

それは、夫が厄年の時ひどい交通事故に遭い、全身打撲で入院中にカトリックのシスターからいただいたものだ。

当時娘の幼稚園の園長だった彼女は、哲子を力づけ、彼の全快を祈ることを約束した。そしてベッドのヘッドボードに、磁石付きの額をつけたのだった。

夫の入院中、哲子はその額の聖母子像を見るたびに、不安な心がなだめられ、希望が湧いてくる気がした。彼が思ったより早く快方に向い、心配した脳の精密検査の結果も正常だった時には、思わず「マリア様、ありがとうございます」と心の中で呼びかけた。

そのことを親友のマヤに話すと、

「良い結果をもたらしたのは、あなた自身の信念よ」

と言う。彼女は、アメリカに信奉者が多いニューソートと呼ばれる思想を信じている。それによると、強く願い続けたことは、現実に起こる可能性があるという。

哲子は、そうした思想は知らなかったが、無意識のうちに実行していたのだった。夫は必ず良くなると信じて、元気になった彼と過ごす楽しい日々を思い描き、マヤにも語った。

しかし、現実に病床の夫を見た時はつい弱気になった。特に医師から否定的なことを言われると、気持ちがゆらぎ落ち込んだ。

「そんな時、シスターのお見舞いと、マリア様との出会いがあったの。力をいただいた気がしたわ」

とマヤに言うと彼女は、

「でもカトリックの信者になる気はないんでしょ。〝いいとこ取り〟ね」

と皮肉を言った。その通りだと哲子は思うが、なぜかマリア様は、そんな彼女のことも受け入れて守って下さると信じられるのだ。

以来、哲子は冷蔵庫に額を貼り、朝夕に思いを込めて眺めている。夫がすっかり健康になり、子供たちも元気で過ごしているのも、ニューソート風の考え＋マリア様の御蔭と思って感謝している。

不思議なことに、この二十年余の間に、いくつかの聖母マリア関連グッズが哲子の手元に集まってきた。集めようと思ったのではなく、自然な出会いがあったのだ。

——夫とのパリ旅行の時、マドレーヌ寺院で、単に可愛いケースと思って買った小さな卵型の入れ物に入っていたミニパールのロザリオ。

——友達がパリで買ってきてくれた病気治癒の奇跡のメダイ（メダル）。

——カトリック信者の恩師からいただいた、長年身につけていたという金のメダル。

——イタリアの教会の庭で育てた薔薇の木から作ったというロザリオ。

——フランスの聖地ルルドの、難病を治すという泉の水。

ほかにもいくつかのグッズがある。それらを身につけることはないが、時々眺めると、何ともいえない安らぎを覚えるのは、自分でも不思議だ。

——マリア様の御縁で、美しい物に出会えたことに感謝します。お守り下さって、ありがとうございます。

冷蔵庫の額に向って語りかけると、やさしい微笑みが、帰ってくる。

夢を超える夢

直子は子供の頃から本が好きで、本の虫と言われていた。いつか自分でも本を書きたいと願うようになったが、家族にも言ったことがなかった。兄弟たちと違って成績も悪かったので、そんなことを口にしたら大笑いされるだろうと思った。

だが、本棚に並べた大好きな本の一冊が、自分で書いた本だったら、どんなに嬉しいことか。いつかきっと、と夢みて創作に取り組んだ。内容は、童話から青春小説、そして恋愛ものと、成長するにつれて変わったが、ひそかに書き続けた。

ＯＬになってから、作品公募の情報誌を入手し、いくつかの出版社に送ってみた。だが、いずれも佳作にも入らなかった。新人賞を受賞して作家となり、作品を出版するというコースは実現しそうにもなかった。

そのうちに見合結婚をして子どもが生まれ、書く暇など全く無いままに日が過ぎた。研究医の夫は家庭のことは一切直子にまかせていた。息子は病弱な上に、学校でいじめにあい、気が休まる時がなかった。だが転校したのが良い結果となって、理数系の才能を発揮してアメリカの大学に留学し、当分帰国する様子はない。

空の巣症候群とやらで、何となく空しい気持ちになった自分をもてあまし、学生時代からの友達に話すと、「私も」と言う。

「夫は、今までできなかったことをやれば、と言うんだけど、私には観劇と食べ歩き位しか楽しみはないし」

直子は、ふいに自分の忘れかけていた夢を話してみたくなった。

「実は私、本を書く人になりたいと、子供の頃から夢みていたの」

「今からでも遅くないわ。作家になるために行動したら？　書いて新人賞に応募するとか」

「それは若い頃にやってみて挫折したの。五十過ぎて又繰り返す気力はない」

「だったら自費出版という手があるじゃない。誰だったか有名な女流作家だって、自費出版からスタートしたのよ」

「私は一冊本が出たら、それでいいの」

「ともかく一冊目を出してみたら。思いがけないことが起こるかも」

彼女と別れたあと、久しぶりに気分が昂揚して、自分の本を手にする夢が戻ってきた。結婚するときに、書きためた原稿は処分したが、一篇だけ、大好きな女性詩人について書いたものをとってある。

——あれに手を入れて本にしよう。

装丁のことなど考えていると、ワクワクしてきた。

問題は費用だ。百万以上かかる、と友達が言っていた。夫が何と言うだろう。馬鹿正直な直子には、へそくりなど無い。

くよくよと考えていた或る日のことだった。

「銀婚式の記念に、ちょっと豪華なクルーズの旅はどうだろう」

と夫が言って直子を驚かせた。家庭サービスもせず、苦労をかけてきた埋め合わせに、と彼は言う。嬉しかったが、それよりも、という気持ちがわき上がった。そこで思い切って、自費出版のことを切りだした。子供の頃からの夢を、初めて話しているうちに涙ぐんでしまった。

すると彼は、直子の夢は自分の夢だ、と思いがけないことを言い、快く承諾してくれるではないか、驚きのあまり言葉が出なかった。内心、夫は自分のことしか考えない人だと思っていたのだ。

「クルーズは、定年になったら、また考えよう」

郵便はがき

料金受取人払郵便

神田局
承認

1280

差出有効期限
令和5年3月
31日まで
(切手不要)

101-8791

535

千代田区外神田
二丁目十八―六

春秋社

愛読者カード係

＊お送りいただいた個人情報は、書籍の発送および小社のマーケティングに利用させていただきます。

(フリガナ) お名前	歳	ご職業
ご住所 〒		
E-mail 小社より、新刊／重版情報、「web 春秋 はるとあき」更新のお知らせ、イベント情報などをメールマガジンにてお届けいたします。	電話	

※**新規注文書**(本を新たに注文する場合のみご記入下さい。)

ご注文方法 □**書店で受け取り** □**直送(代金先払い)** 担当よりご連絡いたしま

書店名	地区	書名	

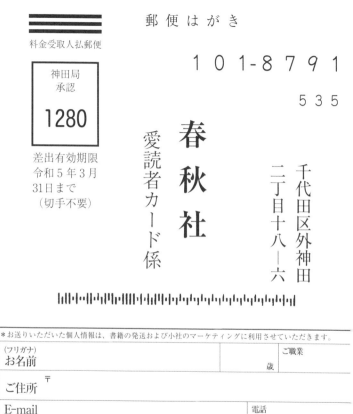

購読ありがとうございます。このカードは、小社の今後の出版企画および読者の皆様と
連絡に役立てたいと思いますので、ご記入の上お送り下さい。

名〉※必ずご記入下さい

●お買い上げ書店名(　　　　地区　　　　　　　書店　)

書に関するご感想、小社刊行物についてのご意見

※上記をホームページなどでご紹介させていただく場合があります。(諾・否)

購読メディア	●本書を何でお知りになりましたか	●お買い求めになった動機
聞 誌 の他 ディア名 (　　　)	1. 書店で見て 2. 新聞の広告で (1)朝日 (2)読売 (3)日経 (4)その他 3. 書評で (　　　　紙・誌) 4. 人にすすめられて 5. その他	1. 著者のファン 2. テーマにひかれて 3. 装丁が良い 4. 帯の文章を読んで 5. その他 (　　　　　　)

内容	●定価	●装丁
□満足　□不満足	□安い　□高い	□良い　□悪い

最近読んで面白かった本　(著者)　　　　(出版社)

名)

春秋社　電話 03-3255-9611　FAX 03-3253-1384　振替 00180-6-24861
E-mail:info@shunjusha.co.jp

直子は胸がいっぱいになった。遂に夢の本が出る。その喜びにも増して、夫の気持ちがありがたく嬉しかった。歳月が「夫婦」という目に見えない本を作りあげてくれたことに、感謝せずにはいられなかった。

アリスのようにチャレンジ

定年まであと五年、というとき、突然リストラされて正子は目の前が真暗になった。これまで結婚もせず、一人で生きて来られたのも、仕事が支えとなっていたからだ。普通の事務職だったが、人間関係に恵まれ、それなりにやりがいもあった。

今やめると、年金を受け取るまでに間があり、マンションのローンも残っている。親の晩年の生活を援助していたので貯金も無い。退職金もスズメの涙だ。いろいろ考えると眠れなくなり、高校時代からの親友の光江を呼び出して気持ちを訴えた。

光江は、小心でくよくよしがちな正子とは違って明るく闊達な女性だ。半泣きの正子の手を取って彼女は言った。

「しっかりして、その気になれば、また仕事はみつかるわよ」

「無理よ、この年齢では。気力もないし」

「弱気になってはダメ。元気出して。そうだ、この際、荒療治といきましょう。思いきって海外旅行しなさい」

「それは、いつか一緒にと言ってたでしょ」

「でも、あなたは今行く必要がある。気持をふるい立たせるような緊張感のある旅がいいわ。そうね、ニューヨークはどう?」

有無を言わせず光江は翌日には旅行会社の知人に頼み、一週間の一人旅のプランを立ててもらった。

十日後、正子はセントラルパーク近くのしゃれたホテルにチェック・インしていた。夢を見ているようだった。

翌朝、朝食をとってから、地図とカメラを手に散歩に出かけた。

まだ静まっているセントラルパークに入り、歩いて行くと、池のほとりに出た。向う側に何やら彫像群が見える。それは何とルイス・キャロルの『不思議の国のアリス』の世界を表現したものだった！

子供の頃、正子は『不思議の国のアリス』が大好きだった。冒険好きの少女に夢中になった。だが成長するにつれて、子供っぽい気がして離れてしまったのだった。

キノコに坐ったアリスを囲む〝不思議の国〟の住人たちは皆、正子の何倍もの大きさだが、何とも言えない愛らしい世界をつくり出していた。眺めていると、アリスに心を躍らせた頃の気持がよみがえり、ワクワクした。

「アリスがお好きですか」

ふいに声をかけられ、驚いて振り向くと、白髪の上品な老紳士が立っている。

「はい、大好きです」

好きな英会話の勉強を続けてきてよかったと思いながら答えた。

「撮ってあげましょう」

彼はカメラを受け取り正子を写し始めた。「アリスの手にふれて」とか「次は仔猫のしっぽに」等々と指示しながら。

「いい笑顔だ、アリスそのものですね」

と言われ、年甲斐もなくはしゃいだことが急に恥ずかしくなった。

「私、もう五十歳をはるかに過ぎていて、本当はアリスなんて似合わないんですよ」

と言うと、彼は正子の目を見て言った。

「アリスは、心の持ち方を象徴しているんですよ。好奇心と冒険心を持つ女性は皆アリス。十二歳であれ、五十歳であれ、九十歳でも」

彼の言葉は説得力があった。どういう人か分らないままに、正子は彼の言葉を信じた。高揚した気持でアリス像をみつめていると、彼女の精気が乗り移る気がした。しばらくして振り返ると、彼の姿は消えていた。


その日から正子は美術館や植物園をめぐり、エンパイアステートビルやティファニーの店も訪ね、思う存分ニューヨークを楽しんだ。

人が変わったように元気になって彼女は帰国し、光江を喜ばせた。

生きていると、色々なことが起こる。だが、アリスの心でチャレンジすれば、きっとよい出会いがあり、人生は好転する、と思えるようになり、何か資格を取ることを考え始めた正子である。

3

慈しむ

救いの言葉

「なぜママの言う通りにしなかったの？　こんなことになってしまって。本当にダメな子！」

ヒステリックな声がアキの耳を打った。会社の帰りに、駅ビルの中の、混み合った通路を歩いているときだった。足早でアキを追いこしていく中年女が、追いすがるように歩く女の子を、なおも叱りつけている。ちらっと見えたその泣き出しそうな顔に胸を衝かれた。一瞬、二十年も昔の、小学校低学年の頃の記憶がよみがえった。

その日、アキは別人のように怒る母の前ですくみ上がっていた。「うちのお母さんのブローチを、アキちゃんが盗ってかくした」と友達が嘘をついたのを、母はそのまま信じてしまったのだ。

「どこにかくしたの！　正直に言いなさい」

言いつのる母に、必死になって「知らない」とくりかえしているうちに、アキは泣き出してしまった。

事情は違っても、今、母親に叱られている女の子は、あのときのアキと同じ胸の痛みを感じているに違いない。何とかしたい……。気がつくとアキは足を早めて、母娘のすぐ後について歩いていた。

あの日、帰宅した父に、母が昼間の出来事を言いつけると、父はじっとアキを見ただけで何も言わなかった。その冷たい眼差しに、アキは見捨てられたような気がした。父なら分かってくれると思ったのに、訴えを聞こうともしなかった。

誰にも信じてもらえない悲しみに泣き寝入りしかけたところへ、泊りがけで遊びに来ていた叔母が入ってきた。当時、まだ独身で、現在のアキ位の年齢だった筈だ。

「アキちゃん、泣かないで。あなたは、そんなことする子じゃないわ。今に皆、わかる。大丈夫よ」

彼女は身をかがめると、そっとアキの頰に手をふれた。いい匂いがした。泣きはれた眼をあけて見上げるると、彼女の顔に大好きなカードのエンジェルの顔が重なった。すると、なぜか本当に「大丈夫」と思われてきた。彼女はほほえみに誘われるようにほほえみ、眠りにおちた。

翌日、友達が母親と共に謝りに来た。友達は母親のブローチの止め金をこわしてしまい、叱られると思って庭に埋めて、アキが盗ったと嘘を言ったのだ。母親は土だらけのブローチを見せて、「子供って突拍子もないことをするわね」と笑った。

あまりにも早い解決にアキは驚いた。叔母の「大丈夫」という言葉が、こうしたなりゆきを引き寄せた、と思った。一歩間違えば、友達は嘘をつき通し、アキは両親に信じてもらえないままだったのだ。そんなことになったら、かたくなでひねくれた子供に、そして大人になったに違いない。あの「大丈夫」で救われた、と今も思っている。

目の前を行く女の子の後ろ姿を、アキはじっと見た。そのとき母親はさらに早足となり、女の子は二、三歩遅れた。アキは、さっと彼女に追いつき、追い越しざまにその耳もとでささやいた。

「大丈夫。きっとうまくいくから。安心して」

ハッとした表情で見上げた女の子にほほえみかけると、アキは足を早めて母娘を追い越した。

天国の庭

真夏にしては涼しい曇り日の午後、由紀子は思い立って、有料老人ホーム〝ユトリア〟に恩師を訪ねた。

彼女は、高校三年の時の担任で英語の担当だった。由紀子にとって、美しく知的な彼女はあこがれの存在であり、彼女の方も由紀子の英語のセンスをほめ、英文学の原書を貸してくれたりした。卒業後も、間をおきながらも三十年以上も手紙のやりとりが続き、悩みの相談にのってもらったこともある。

昨年、彼女から老人ホームに入居するとの知らせが届いたとき、由紀子は一瞬、気の毒！　と思った。それは独身のまま年老いた人の、孤独な終着駅ではないか、と。最近、有料老人ホームをめぐる苦情が急増しているという。彼女も入居後、後悔しているのでは？　と思うと、すぐに訪ねる気になれなかったのだ。

ユトリアは、東京都内の私鉄の駅から歩いて十分の所にある五階建のビルだった。由紀子が案内されたのは、五階の個室で、トイレとシャワー付きの、十畳ほどのワンルームに、ベッドや洋服だんす、そして洋書をならべた本棚などが配置されている。大きなガラス越しに、広い空と眼下の風景が一望できた。

「晴れた日には富士山が見えますよ。虹やいなずまや、夜は月や星もきれい」

「すてきなお部屋！　先生もお元気そう」

「何しろ家事や雑用から解放されたでしょ、ボランティアで子供たちに英語を教えたり、自分史を書いたり、思うままに時間が使えて幸せよ」

「外出も自由なんですか」

「もちろん。近くに植物園や美術館があって、よく出かけるわ。ホームのマイクロバスで、観劇や食べ歩きにも」

聞いてるうちに、由紀子は自分の考え違いに気がついた。気の毒な〝終着駅〟どころか、夢のような暮らしではないか。

「入居者のなかには、施設やサービスについて不満ばかり言っている方も。でも私は、ここを選んでよかったと思ってますよ」

思いきって尋ねたところ、入居一時金は八百万円、毎月の経費や楽しみのための費用は恩給でまかなえるとのことだった。由紀子は思わずため息をついた。

「私も、先生にすすめられた大学の英文科に進学して、教職につけばよかった。短大出て、すぐ結婚して、ずっとただ働きの主婦業。私の老後なんて、きっと死ぬまで家族にしばられたまま。私も先生みたいに、一人で自由に生きたかったわ」

するとと彼女は真顔になって言った。

「由紀子さん、冗談にも、そんなことを言ってはいけません。実は私、あなたと出会う前に短い間、結婚していたの。みごもったけれど流産して、夫ともうまくいかなくなって離婚してしまいました。私にはもう、仕事しかなくて、熱心に教えたけれど、心の芯はうつろだった。家族というものが、どんなに大切か、失ってはじめてわかったのよ」

「まあ、そうだったんですか」

「あなたは、今は大変でも、あなたなりのすてきな老後があるわ。今、持っている宝物に感謝して、毎日をすごしてね」

「はい！」

思わず学生に戻ったような返事をした。老いた恩師を慰め元気づけに来たつもりが逆に元気づけられた気がした。

「ここは庭が無いのが欠点だけれど、屋上にハーブガーデンがあるの、行ってみる？」

そこにはラヴェンダーやミントやローズマリーなどが香り、色とりどりの花々も咲き匂っていた。一瞬、天国の庭と思った。かぐわしい風に吹かれていたら、ふいに家族に対するやさしい思いがわき上がってきた。

ビーズの指輪

「どうしても欲しい指輪があるの」

と母が言ったとき、チエはてっきりゴージャスで高価なものと思った。先日、派手好きの伯母が来たとき、しきりにブランドものの指輪をすすめていたからだ。

「あたしも欲しいな、カルティエかティファニー」

とチエが言うと、

「あんたみたいなヒヨッコは、ビーズの指輪でもしてなさい」

と、伯母は鼻で笑った。

ところが母は、そのビーズの指輪がほしいのだと言う。

「あの時、姉と話していて、子供の頃、友達が持っていたビーズ編みの指輪を思い出したの。巾が広めで薔薇の花もようが編みこんであって、とてもかわいかった。その子のお母さんの手作りで、どこにも売っていなくて。あなたのおばあちゃんは手作りは苦手だったから、その指輪は見はてぬ夢となったわけ」

「じゃ、今ビーズ手芸流行《はや》ってるから、習いに行って作れば？」

「知ってるでしょ、ママが親ゆずりの不器用者ってこと」

「で、私に作れ、と？」

「お願い。あなたは誰に似たか器用でセンスがあるじゃない」

断りたかったが、チエには弱味があった。もう半年もニート状態なのだ。OLになって三年目の今春、上司とぶつかってやめた。イライラしてやけ食いでふとりすぎ、急激ダイエットでやせたはいいが拒食症気味になり気力も体力もダウン。両親が何も言わないのをいいことにしてダラダラと日々をすごしている。ビーズの指輪位、作れ！　と良心が言う。

重い腰をあげて、まず母に、記憶にのこるデザインと色について訊く。次に手作り材料専門店のビーズ売場へ。多種多様の華麗なビーズにチエは驚いた。

だが母はごく普通の小さな、昔ながらのビーズ、と言ったので、そのタイプのものを買った。針と糸、そして『ビーズ編み』という本も。

母が言うように、チエは子供の頃から手作りが大好きで、おけいこバッグなどもパッチワークやステッチを生かして、自分で作り、人からもほめられた。その後いろいろなものに挑戦したが、ビーズ手芸は手がけたことがなかった。いざ始めてみると、久しぶりに〝作る愉しさ〟に夢中になった。時間をかけて、丁寧に仕上げた指輪をクリスマスプレゼントとして進呈した。

母の喜びように、チエは驚いた。こんなものに狂喜するなんて、可愛いというか可哀想というか……。母は、贅沢とは無縁のサラリーマンの妻で、これというアクセサリーも服も持っていないが、物欲ゼロのヒトなので不満を言ったことはない。ビーズの指輪はそんな母の心の琴線にふれたと思うとチエは嬉しかった。

ふと、こんな風に女性を喜ばせるアクセサリーを作ることを仕事にしたいな、と思った。誰かの心をとらえるロマンチックで、愛らしくて、ユニークなアクセサリー。希望を訊いてオーダーも受ける。売り方は、友達のお母さんがおしゃれなブティックのオーナーだから相談してみよう。行きつけの喫茶店の壁にディスプレイしてもらってもいいし、フリーマーケットに挑戦してみても。

夢が広がる一方で、チエは、まずきちんと基礎を勉強しようと決心。すぐスクールの案内書を取りよせることにした。両親には、もうしばらく甘えさせてもらって、でも少しは誠意を見せたいから、アルバイトも始めよう、と思った。何か、急に生きる意欲がわいてきて、同時に久しぶりに食欲もわいてきた。

夢で会った人

三十歳の時に見た夢を、真美は二十年以上すぎた今も、はっきりと覚えている。

——どこか分からない野のはずれの木陰に、初老の男が立っている。歩み寄った真美の手を彼が取った時、何とも言えない安らぎが、真美の胸にあたたかく広がっていく。

めざめたとき真美は、涙を流した。そのような気持は、現実では決して味わうことができないと知っていたから。顔は誰とも分からなかったが、もしかしたら神だったかもしれない、と思った。だから、あれほど心が安心感で満たされたのだ、と。

その頃の真美は、いつも不安で孤独な気持で日々を送っていた。好きで結婚した夫なのに、心が通わない気がして、ひどく寂しかった。彼は当時、大学の講師をしながら、研究テーマを本にまとめることに没頭していた。

仕事の邪魔をされると怒り狂い、生まれたばかりの息子の夜泣きにも腹を立てた。親の反対を押しきった結婚だったので、実家に行ってグチをこぼすわけにもいかず、親友につらさを訴えた。しかし彼女は、

「そんな風にしたあなたが悪い。いくら惚れたが弱味といっても、最初から言うなりだったでしょ。増長したのよ」

と全く同情しなかった。

夫の一冊目の著書がマスコミに取り上げられてからは、テレビ出演や新聞雑誌のインタビューなどの仕事も増え、ますます彼の心は家庭から離れていくようだった。外面のいい彼は、別人のように、にこやかな顔を見せて、人気者となり、著書も増えていった。やがて有名女子大から招聘されて若手の教授とな

った。

順風満帆と見えた彼だったが、厄年の、数えで四十二歳のとき、吐血して倒れた。編集者やマスコミ関連者と飲む機会が増えた為に、いつの間にか胃をひどく損なっていたのだ。

手術は絶対いやだと言うので、一ヶ月以上入院して、あとは食事療法で、何とか健康を取り戻したが、入院中の真美の苦労は大変なものだった。超わがままな病人で、それも医師や看護士には聞きわけのよい態度を示し、その分、真美に当たり散らす。ベッドの横の床に寝てつきそっていた真美は、普通に食べているのに、心労で絶食中の夫と同じだけやせた。

さすがに彼は、真美の苦労がわかったらしく、病後、少しずつ変っていった。飲み歩きや朝帰りをしなくなり、タレントすれすれの仕事はやめて、本来の研究テーマの本を、ライフワークとして仕上げたい、といった話もして、真美を喜ばせた。

時は流れ、反抗期の頃には真美を悩ませた息子も独立し、気がついたら又、夫婦二人となっていた。

そんなある日、夫が真美を散歩にさそった。彼は毎日、歩数計をつけて散歩

するのが習慣となっていたが、歩きながら思考するとかで、真美を伴うことはなかったのに、

「いい場所があるから、見せたい」

と言う。

それは、歩いて二十分ほどの所の〝自然公園〟で、草原《くさはら》のはずれに何本か大きな木が植えてあるだけの、一見、何の変哲もない場所だった。

だが、よく見ると草原には、白つめ草やネジ花やホタルブクロの花が咲いている。何て愛らしい！と立ちどまって見入る真美の先に立って、夫は木の下まで歩いて行き、振り返った。彼のもとに歩み寄りながら、真美は、あ、と思った。既視感《デジャービュ》……あの夢だ！

思わず走り寄った真美の手を彼が取った。日頃は、てれくさがって、外でそんなことをしない夫である。

そのとき気がついた。二十年も前の、あの夢は、今の自分たちだったのだ。今、胸いっぱいに広がる幸福感、安心した気持は、夢の中で先取りしたもの。「神」とまで思われた顔の分からない初老の男性は、夫の未来の姿だったのだ。

現在の夫は、若き日の気難しく自己中心の男ではない。こんな心やすらぐ草

原をみつけて真美を伴うデリケートな思いやりに満ちた人だ。
——もしかしたら、一筋に彼を愛してきた私の心が、夢を形にしたのかもしれない、
と真美は思った。握りあう手は、とめどなくあたたかく、どこから自分で、どこから夫か分からなかった。

生きる姿勢

英子は、子供の頃から母に「猫背！」と言われ続け、結婚後は夫から、やがて息子たちからも言われてきた。五十代になって、おしゃれ心が減退し、ますます猫背になったことを自覚していたある日のことだった。

「あら、英子じゃない？」

街で声をかけられて見ると、高校で同じクラスだった千香である。

「わあ、お久しぶり、お元気？」

と言いながら、英子は千香のあかぬけたスーツ姿を見て、気おくれがした。

「元気よ！　あなたは？　どこか悪いんじゃないでしょうね」

昔から無神経な物言いをする千香だったことを思い出し、英子はいやな気持ちになった。

「どこも悪くないわ」

「それならいいけどね。ね、今度、お茶でもどう？　今日は私、この町の支店に用事があって来たの。急に一人やめちゃって、てんてこまい。あ、これ私の名刺、電話してね」

一方的に喋ると千香は身をひるがえして歩み去った。その後ろ姿を見て、服もさることながら、姿勢がいいことに気づいた。そして、かたわらのショーウィンドーに映った自分が、猫背のため、老けて不健康に見えることにも。ギックリ腰でもやったのか、胃でも痛むのか、と千香は思ったに違いない。

名刺を見ると、犬と猫をテーマにした服と小物の会社の代表となっている。その自信がよい姿勢となってあらわれているのかな、と英子は今さらながら、専業主婦の自分をかえりみた。高校時代は英子の方が成績もよく、ルックスにも自信があったのに。

帰宅して、帰りの遅い夫や息子たちのために夕食をあたためなおしているうちに、無性に腹が立ってきた。節約第一に、家族のためにがんばってきた日々。でも誰も感謝していない。この数年は、誕生日さえ祝ってくれない。

そんな華の無い日々の鬱屈が背中にたまったんだ！　と英子は一人息まいた。

絶対何とかして、皆を見かえしてやる！

タイミングよく、ある女性のエッセイで、「ピン、キュッ、ツン」を知った。これは、〝よい姿勢の条件〟で、ピンと背筋を伸ばし、キュッとお腹をしめ、ツンとあごを上げる、というもの。さっそくやってみた。最初はうまくいかなかった。長年の猫背は急にはなおらない。気がつくと元通りの姿に。

英子は通販でシンプルな全身鏡を買い、玄関ホールに置いた。その前を通るたびに何回も「ピン、キュッ、ツン」。次第に新しい姿勢が身についていくのを、目で確認した。

腹筋の運動にもなるのか、体重は変わらないのにウエストが三センチ細くなったのに気をよくして、春のスーツを新調することにした。日頃、節約して積んだ貯金を、思いきって全部おろし、デパートへ。普段は近づかない高級専門店コーナーに直行した。着ている服があかぬけないのは仕方ない。居なおって

「ピン、キュッ、ツン」を保ち、ゆっくりと見て行った。

上品なミセス向きのブランドコーナーの販売員が話しかけ、何点か選び、すすめる。話しているうちに、彼女が英子を実年齢よりぐっと若く見ていることに気づいた。姿勢よくすると十歳は若く見えるというのは、まんざら嘘でもないらしい。

スーツだけでなく、靴とバッグも買った。何年分もまとめた自分へのバースディプレゼント、と英子は思った。

そうだ、この一式を身につけて、今度、ランチタイムに会社の夫を呼び出してみよう。どんな顔をするかしら。そんなことを思いながら帰途についた。

ふと、よい姿勢は、よい運を引きよせる、という説を思い出した。何でも人体に通っている龍脈とやらが、背筋をピンと伸ばすと活性化するとか。――何か、いいことが起こりそう。

これも千香との出会いがきっかけとなったと思うと、感謝の気持ちがわき上がってきた。彼女のブティックを訪ねてみたくなった。人手不足、と千香は言ったっけ。もともと犬も猫も大好きな英子は、そこで働いてみるのもいいな、と思い始めていた。

愛しい猫

ふわふわのおなか、プヨプヨした足の裏、水色の眼。「ジョイ」と呼ぶと小首をかしげて見上げる。もう可愛くてたまらず、ぎゅっと抱きしめると、ほんのり香ばしい匂いがする。初めて飼ったラグドールという種類の猫に公子は夢中だ。

もともと猫好きだが、子供の頃からいつも捨て猫や野良猫の仔を飼ってきた。このような血統書つきの猫には、反感めいた気持を抱いていたのだが、ショッピングセンターの中にあるペットショップで〝眼が合って〟しまった——。

背中を押してくれたのは、数年前町内会で知りあったマキである。三十代、共働き、子供なしの彼女は、ハキハキした女性で、話すたびに気分が明るくなる。そう、公子は最近、ホルモンの変化のせいか、落ち込みがちだったのだ。

マキのよい所は、とても行動的で、ポジティブなこと。十歳以上も年上の公子に遠慮せずにものを言う。

「公子さんって美人なのに、何か生気ないわね。生きがいとか楽しみとかあるの？」

「そうね、主人と映画見に行ったり、旅行したり」

「それって、御主人の好みで決めるんでしょ」

「そう」

「ダメダメ、自分が本当にやりたいことしなくちゃ」

それを聞いて公子は急に、自分がいかに猫を飼いたいと望んでいるか思い出し、胸の芯が痛くなった。前の猫が死んで数年すぎたが、夫はもう飼わないと宣言している。死なれるつらさに耐えられないと言う。

公子も最初はそう思ったが、次第に猫にふれられない欲求不満がつのっていたことに、マキとの会話で気づいた。せめて外猫、と思っても、以前と野良猫事情が変って、縁側に出すミルクを飲みに来るのは、老いた黒猫一匹のみ。警戒心が強く、決して触れさせない。

「まず猫カフェへ行って、〝猫不足〟少し解消したら?」

とマキに言われて、猫と遊べる猫カフェなるものに行ってみた。ほどほどの数の美猫をそろえている店もあれば、数は多いが、これ、というのは高い所に登ったまま、というカフェもあった。百円で買ったフードを与え放題という所も。いずれにしても、猫たちは庭に来ていた野良猫以上に、ゆきずりという感じで、かえって寂しくなってしまった。

次にペットショップめぐりを始め、しばらくして出会ったのがジョイである。携帯で夫より先にマキに報告した。嫁いだ娘からのプレゼント、と言うようにマキから知恵をつけられて連れ帰った。

娘に甘い夫は、すんなり仔猫を受けいれた。彼の膝にとび乗って、喉を鳴らし始めた時には、もうやさしい手つきでなでていた。

数日後マキに会って、そんな様子を話した。

「でも私、今まで野良の仔ばかり飼っていたでしょう。血統書つきの猫を飼うということに、ちょっと抵抗があったわ」

「そんなこと、こだわらなくていいんじゃない。最高の出会いだったんですもの。長年、野良猫を救ってきたあなたへの、猫の神様からの贈り物かも」

本当に、そうかもしれなかった。ジョイは公子の暮しに喜びをもたらした。彼女だけでなく、夫にも。何だか夫婦仲もよくなったみたいだ。マキが言うには、猫が来てからの公子は人が変ったように生き生きとしてチャーミングになったとか。ありがとう、と話しかけると、グルルとノドの奥で答えるジョイである。

大好きなママ

良枝と娘の令子は、性格が全く違う。気弱でやさしい良枝に対して、令子は幼い頃から父親似の自己主張の強い子だった。良枝は夫に対して言いなりの妻であるように、娘に対しても言いなりの母となっていった。

そんな彼女を軽んじているかのように、令子は小学生の頃からピアノをはじめ、おけいこごとは自分で選び、私立中学を受験することも父親と相談して決めた。

「ママって、何でも〝いいんじゃない〟でしょ。頼りにならないわ」

などと言ったこともある。

商事会社のOLになって二年目に、令子はイギリスに一年間語学留学したいと言い出した。

「英語をマスターして、生きがいのある仕事につきたいの、わかるでしょ、パパ」

良枝の意見など、どうでもいい、といわんばかりである。ところが夫は意外にも猛反対。

「適齢期を過ぎかかっているのに、今さら何を言ってるんだ！」

「パパが、そんな頭のかたい人と思わなかった。私、結婚なんて、しないつもりよ」

「女の幸せは結婚して母親になることだよ」

「幸せかしら、ママみたいな人生が」

良枝はショックを受けた。これほどあからさまに生き方を否定されるとは。思わず上ずった声で言い返した。

「幸せよ！　パパみたいな人と結婚できて、あなたが生まれて」

だが令子は冷笑して立って行った。

その夜、良枝は初めて夫と対決し、娘の希望をかなえてほしい、と強く主張した。結婚以来、逆らったことがなかった良枝が、一生のお願い、と頼む姿に夫も心を動かされたらしく、しぶしぶ承知し、費用の足りない分も出すことになった。

令子はどこまで良枝の努力を知っていたか分らないが、はればれとした笑顔で旅立って行った。

ケンブリッジのホームステイ先から頻繁に届く手紙は、父親よりも母親に多くを語りかける内容だった。

――スクールの帰りに大きな虹を見ました。虹好きのママに見せたかった！

――今日はホームステイ先のマダムが、キャロットケーキを焼いて、週末の楽しいティータイム。ママの手作りケーキを思い出したよ。

――ホリディに、クラスメートのアンのスイスのおうちに行って来ました。何と、門番の家がうちよりも大きいの。留学というものは、そういうおうちの子がするものなのね。パパとママに無理させちゃったかな。でも本当に幸せ。大好きなママ、ありがとう。

この手紙を読んだとき、良枝は嬉し涙が出た。「大好きなママ」……何度も読み返し、そのたびに心の中に甘い喜びが広がっていく。「大好き」なんて言われたことがなかった。嫌われているのではないかと、寂しく思ったこともある。だが、手紙を読んでいるうちに、本当は母親を愛していても、日常生活では口に出さなかっただけ、ということがわかった。可愛い子には旅をさせよ、とは、よく言ったものだ。

娘と離れている期間は、良枝にとって自分を見つめなおす時でもあった。「ママみたいな人生」と否定されたことだけは消えずにトゲのように心にささっている。

――これからは、自他共に許す喜びのある生き方をしていきたい。何から始めようか。まずは昔からやってみたかったことをリストアップしてみよう。

そんな気持を令子への手紙につづりながら、良枝は新しい母娘関係の始まりを予感して微笑んだ。

ダンスの魅惑

里実がアルゼンチン・タンゴの舞台を初めて観たのは、二十年も前、まだ三十代の頃だった。本場のダンサーたちの独特の妖しい魅力に魅せられて、毎年のようにアルゼンチンからの来日公演を楽しむようになった。

だが、次第にダンサーの顔ぶれが変り、演出もアルゼンチン・タンゴのセクシーな面を強調する傾向が感じられるようになって、しばらく足が遠のいてしまった。

今回、数年ぶりに出かける気になったのは、初めて観た時に出演していたダンサーたちが、来日メンバーの中に入っていたからである。

――当時ベテランだった人たちは、もう六十代か、もっと上かも。

だからこそ、久しぶりに彼等に会いたい気持になった。初めて観たときにも、相当年配のカップルが何組か混っていて、彼等のしっとりとした息の合った踊りに心を打たれた。あんな風に踊るように年を重ねていきたい、と思ったものだった。

公演は、期待以上に素晴らしかった。特に、一番年長の夫婦の踊りはユニークだった。二人ともうしろで腕を組み、額だけつけて、音楽に合わせステップを踏む。わずかでもタイミングがずれたら、額は離れるか逆にぶつかってしまうに違いない。里実は緊張し身を乗り出してみつめたが、彼等はごく自然に、流れるように踊り続けた。深く理解しあい、共に歩んできた歳月が踊りに二重写しになっているようだった。昇華された夫婦の愛情……でも決して枯れていない。

──私も、あんな風に夫と共に生きていきたい。

そんな思いが熱くわき上った。芯のところで心がつながっていて、ここという時には〝おでこのダンス〟ができるような夫婦……。

公演が終わると、里実は楽屋口へ向った。初めて観た時から、メークをおとして出てくるダンサーたちに、一声、感動の思いを伝えるのが、習慣となっている。

真先に現われたのは、切れのよい動きが特長のチャーミングな男性だった。何度も挨拶しているので顔なじみと云ってよい。お互いに片言よりは少しましな程度の英語で言葉をかわす。

実を言うと、今回、彼の舞台にはがっかりした。パートナーが、いつもの奥さんではなくて、若い女性で、彼と微妙に息が合わなかったのだ。

「妻は足をいためて、今回は来られませんでした」

「そうだったの。早く治りますように。あなた方御夫婦の踊りを、また観たいわ」

「タンゴが本当にお好きなんですね」

「ええ、自分では踊れませんが」

「踊れますよ、その気になれば。どうですか、今日は夜の公演は無いので、夕食をご一緒にしませんか。タンゴの話をしましょう」

ダンスに誘うように、彼は手を差し出した。

面白そう、と里実は軽い気持で思い、うなずきかけた。その時、例の〝おでこダンス〟の夫婦が出てきた。思わず「最高でした！」と言いながら駆け寄り、ブロークン・イングリッシュを気にせず、心からの感動を述べた。二人は微笑しながらうなずき、かわるがわる里実をハグした。夢中になって話しているうちに、気がつくと、食事に誘った彼は消えていた。

里実は、ほっとした。ふらふらとついて行きかけたが、落ち着いて考えてみると、とんでもないことだ。もし夫が女性にあんな風に誘いかけられて、一緒に行ったらどうだろう。想像しただけでも腹が立つ。夫と妻はお互いに鏡に写したようなもの。相手に誠意を望むなら、自分も身をつつしまなくては――。

タイミングよく現われて、そのことに気づかせてくれた踊りの達人夫婦に感謝しながら、里実は帰路についた。

ＯＲＩＧＡＭＩの魅力

秀子は折紙が嫌いだった。それは小学生の頃の思い出が原因だ。クラスメートが難病にかかって、先生が千羽鶴を贈ろうと提案し、皆で折ることになった。大抵の子は折り方を知っていたし、知らなかった子も、すぐにマスターした。が、秀子は何回も間違えてやりなおし、仕上りが不恰好になってしまった。頭でっかちとか羽がいびつとか言われながら、ようやく割りあての数をそろえた。

以来、折紙にはノータッチ。結婚して子持ちになり、息子に教えてと言われたこともあったが、夫に押しつけた。

——大体、紙で作った形なんて面白くもおかしくもないわ。カサカサして、角張っていてあたたかみが感じられない。

などと思ってすごしてきた。

ところがある日、アメリカの連続テレビドラマのＤＶＤを見ていたら、何と折紙が出てきて、ふとひきつけられた。

それは無実の罪で服役している兄を救おうとして自らもプリズンに入る弟の

井上公三

La lumière dorée　　「夕陽」

話で、最初のタイトルバックが、水に浮かび流れ去る折紙の鳥で終る。シリーズの間中、弟の存在を暗示するものとして、その折紙は時々、登場した。

それをきっかけに、秀子はときどきアメリカのドラマのなかで折紙に出会うようになった。

折紙について調べてみると、アメリカに〝ORIGAMI〟を広めたのは日本人だが、折紙のルーツはスペインにもあることを知り、興味がわいた。

折紙に対するそうした心境の変化を、秀子は家族に話してみたくなった。

だが息子が母親のことには何の関心も持たなくなって久しい。自分の仕事や友達づきあいに忙しいのだ。

となると話す相手は夫。「いい年して折紙？」などと言われるのを覚悟して話した。

夫は意外にも、身を乗り出してきた。そして二十年ほど前、「ブレードランナー」という人造人間《レプリカント》の抵抗を描いた映画で折紙を見て彼も関心を抱いたことを語った。

「そんなこと話してくれなかったじゃない」

「だって、きみは、好みが違うからと云って、映画は一緒に見なかったじゃないか」

それは今も同様で、映画だけでなく、テレビもビデオもそれぞれの部屋で見ている。

「ま、それはそれとして、私も『ブレードランナー』みてみようかな。折紙が出てくるなら」

「見てごらん。人間という動物の思い上がりについて考えさせられるよ」

秀子は、もともと英会話の勉強のためにビデオやＤＶＤを見ているので、深刻な映画は敬遠しているが、折紙がきっかけで変化して、もしかしたら夫との接点も生まれるかもしれないと思っていると、

「そういえば、先日見たアメリカの犯罪心理ものに、カエルの折紙が出てきたよ」

と彼が言った。

「カエル？」

「そう。女性の上司とちょっと気まずいことになったとき、それを主人公が取り出して、彼女に向ってピョンと跳ねさせるんだ」

「本当に跳ねるの？」

秀子の顔が、疑わし気だったらしく、翌日夫は折紙の本と紙を買って来てカエルを折ってみせた。軽く背中を叩くと、本当にピョンと跳ぶ。力が弱すぎると動かないし、強いとひっくり返るので、結構、難しい。

色々な紙、サイズで折ってみて、最も跳ぶのを二つ選び、夫婦でカエルレースをしているのを帰宅した息子があきれ顔で見ていたが、「オレも」とレースに参加。久しぶりに親子三人、大笑いしながら、ひとときをすごしたのだった。

その日の天使

ある作家が、「一人の人間の一日には、必ず一人〝その日の天使〟がついている」とエッセイに書いていたのを、信子は時々思い出す。その守護の天使は、いつもは気がつかないが、悩んでいるときや絶望的なときに、様々な形をとって現れるとか。

その日、信子は前夜の夫婦喧嘩のために、最低の気分で、スーパーへの近道の公園を通り抜けようとしていた。公園の片隅にはベンチがあって、老婦人が小型犬を膝にのせて坐っていた。その犬が、パッと飛び降り、走り寄って来た。信子は急いで通り過ぎようとした。子供の頃近所の犬に噛みつかれて以来、大の犬嫌いなのだ。

「すみません、その子、ちょっと抱き上げて、ここへ連れ戻していただけませんか？」

老婦人の声に振り返ると、彼女は杖にすがって立ち上るところだった。仕方なしに犬に目をやった。なんという種類なのか、ブルドックを剽軽《ひょうきん》にしたような顔で、見上げる目が意外と愛らしい。おそるおそる抱き上げて、ベンチまで運んだ。

「ありがとう。あなた、犬はお好き？」

「いいえ、全然」

「まあ、はっきりしているのね。人それぞれですものね。でも犬って可愛いわよ。無条件に人間を信頼して、たよりきって、愛してくれる。心が満たされるわ」

「でも、世話とか大変でしょ」

「それが楽しいの。ほら、子供育てるのって大変だけど、生きがいでしょ。犬の場合はもっとリラックスできて、寄せてくれる愛情は、もしかしたら子供以上かも」

「本当に犬がお好きなんですね」

「ええ、結婚の条件も犬を飼うことでした」

信子は内心びっくりした。自分と逆ではないか。結婚してすぐ夫は犬をほしがったが、信子は断乎反対した。温厚な夫は、信子のいやがることはしない、と言ってあきらめた。子供たちが小さい頃、犬を欲しがった時期があったが、とりあわなかった。

ところが最近になって、夫はしきりに犬のことを口にするようになった。定年が間近となり、この先の人生を思うと、楽しみがほしい、と言う。彼は酒もかけごともダメで、スポーツはつきあい程度のゴルフ位。犬を飼えば散歩させるのは自分の運動にもなるし、唯一の趣味の写真の被写体として最高だと言う。

信子は、今さら嫌いな犬が生活の中には入ってくると思うとぞっとして絶対にいや、と言った。すると夫は、別人のように強い口調で、長年家族のために働いてきたのだから、希望通りにさせてくれ、と言う。

「あなた、昔、相手のいやがることをしないのが夫婦の基本って言ったでしょ」

「しかし、これからは、それだけじゃなく、相手の喜ぶことをする夫婦になりたい」

以来、食事中も犬のことで口論となり、信子は食欲がなくなってしまった。思えばこれまで、信子は相当女房関白でやってきて、夫が黙っていたから夫婦喧嘩も殆ど無かったのだ。「彼、よく我慢してるわね」と気のおけない友人に言われたこともあるほどで、心の片隅で申し訳ない気もした。だが、犬に対する嫌悪感はどうすることもできなかった。

そんな折りだったので、信子は老婦人の犬礼賛の言葉に心を動かされたが、それ以上に効いたのは犬の無心の眼と、抱き上げたときのぬくもりだった。命のぬくもり……。人の心は一瞬で変わることがあると言うが、まさに信子の心は一瞬に変化して、夫の気持がわかった。間に合った！　と思った。夫婦の心が完全に離れてしまう前に、気づくことができた、と。たかが犬、といわれるかもしれないが、夫婦なんて、ちょっとしたことで別れてしまう例を見ている。今後は、相手が喜ぶことをする夫婦になるように努力しようと思うと気持が軽くなった。

——今晩、夫が帰宅したら「どんな犬がいいの？」と、さり気なく言ってみよう。

そんな気持になったのも、あの犬の御蔭。あれは信子の〝その日の天使〟だったのだ。

【参考】『恋は底力』中島らも著　集英社文庫

たったひとつの秘密

純子には夫にも言えない秘密がある。もう三十年以上も胸の中に秘めている、と言えば誰もが一体どんなことかと思うに違いない。

その秘密とは夫からもらった腕時計を失くしてしまったこと。普通の時計ではない。婚約の記念に、パールの指輪とネックレスと共に彼から贈られたもので、それが外出して帰ったら無くなっていた。革ベルトの止め金が外れやすかったので、外出先でコートを脱いだ時か、混み合った電車の中で落としたのだろうか。あちこち電話したが、落し物の届け出は無かった。

すぐに夫に話せばよかったのに、純子は彼の反応がこわくて言い出せなかった。日頃から純子の不注意な行動に腹を立てて強く叱り、不機嫌になる夫だった。

二人は見合い結婚だった。二十一歳だった純子は、十歳年上の渋いハンサムな彼を一目で好きになり、婚約中は恋に落ちた気分だった。オメガの腕時計とパールのセットを贈られた時は、夢見心地になった。その頃の彼はやさしかった。

しかし結婚したとたん、彼がカッとしやすく気難しい性格であることがわかった。極めて潔癖で堅実な仕事人間で、他人に厳しいことも。

家庭では、頼もしくリードする夫で、純子に対しては家庭を守る良き妻を期待したようだが、それは無理だった。家事は苦手で出歩くのが好き。いつまでも『赤毛のアン』などに夢中の、常識はずれのところがある純子だった。衝動的でケアレスミスが多く、夫を苛立たせせた。彼を心から愛していたが、決して甘い新婚時代とは言えない日々だった。

腕時計を失くしたのは、それから三年後。純子は婚約当日の、彼の真剣なまなざしを思い出した。結婚について非常に真面目な考えを持っていて、一生仲良く愛を育てよう、と言ったこと、純子も同じ気持ちで誓ったこと。腕時計は、その誓いのしるしだった。身につけるたびに初心を思い出し、何を言われても彼の芯にあるのは愛情だと考えることができたものだった。

それを失くしてしまった。夫に言ったら、どんなに責められることか。何日も口をきいてくれないかもしれない。いや、それよりも何より大切なものを失くしたことで純子に対する愛情が揺らぐかも、と怯えた。

――夫には言うまい。

即座に純子は決心した。その型のものはもう日本で入手できないことがわかると、スイスのオメガ本社に手紙を書いた。ぜひ購入したいことと、その理由を、辞書をひきながら。

しばらくして、日本の代理店から連絡があった。本社からの司令で、社員にあたってみたところ、持っている人がいたので召し上げて、譲る、と。

そうしたわけで、いま純子の手許には、シンプルな角型の腕時計がある。三十年来、夫に言おうと思ってはやめてきた、秘密の時計が。

年と共に夫の性格は、やや穏やかになったが、純子はもう本当のことを言うつもりはない。今となっては単に失くしたことよりも、それを秘密にしたことに対して夫は激怒するに違いない。愛する夫の気持ちを傷つけたくないし、高血圧の彼の脳や心臓にショックを与えたら大変だから。

純子にとっての救いは、この件以来、夫に対して秘密を持たない決心をして、何でも正直に話し、どんな反応にも耐えてきたこと。純子にとって彼は、はるか昔の一目惚れの夢が覚めることのない、愛しい存在なのだ。

秘密が重く感じられてつらい時は、こんな句を呪文のように唱えることにしている。

ひなげしや時には女の嘘もよし
——五所平之助

花火セラピー

「諏訪の花火を、見に行かない？」と親友のカヨから誘われて、ふと行く気になったのが、葉子は自分でも不思議だった。お祭りとか花火大会とか、賑やかなことは昔から苦手なのだ。

だが、この頃、特に理由もないのに気が晴れず、うかない顔の葉子を心配した夫から、「何か変わったことをしてみたら?」と言われていたのだった。

「きっと効くわよ、花火は。あちこちの花火大会のなかでも諏訪のは抜群だから期待してね」

とカヨは喜んでバス・ツアーに申し込んでくれた。早朝に出発して夕方着き、花火を見学したら又バスに乗って、明け方に帰る、という強行軍のプランである。だが、往復のバスの中で、思う存分カヨと話ができると思うと嬉しくて、葉子は早くも気分が変わっていくのを感じた。

ところが出発の前日、カヨは階段を踏み外して左足首を骨折し、ツアーをキャンセルしてしまった。

葉子はもともと旅はあまり好きではなく、夫も同様で、バス・ツアーなどもしたことがない。それを一人で参加なんて、と急に気が重くなったが、仕方なく出発した。

高速道路を走るバスに揺られてウトウトしているうちに目的地に着いた。

花火を打ち上げる場所の近くに設けられた桟敷席に着いてからも、葉子はぼんやりしていた。

ところが、一つ目の巨大な花火が頭上で開き、ドーンと大音響が耳だけでなく体全体に響いたとき、快いショックに目が覚めた気がした。

それからは、次々と打ち上げられる華麗な花火の色と形に目が驚いて喜び、音に心身をゆすぶられた。空に砕け散る光と共に、この日頃のウツウツなど消え去っていく気がした。

赤、青、うす紫などの大玉の花びらの色が、次々と変わっていく様子とか、ラセン状に上って行った光がパッと花に開くしかけなどの面白さに思わず声をあげた。

とりわけ心ひかれた大輪の白い花火から、ふと高校時代のボーイフレンドが話してくれた中河與一の『天の夕顔』を思い出した。結婚している年上の女性に片想いした男性が、彼女の死後、花火師と共に野原に立ち、かつて彼女が摘んで与えた夕顔の花を思いつつ花火を打ち上げる。そして夢のようにはかない花を、天の彼女が摘み取った、と思うという話だった。彼は葉子に何かを伝えたかったかもしれない。だが、淡々としたつきあいのままで卒業して疎遠になり、彼は若くして亡くなった。

——天から、彼は今、私をみているかしら。

葉子はそんなセンチメンタルな気分になりつつ、今さらながら、自分は生きていて、こうして美しい花火を見ている、と思った。いや、大きな不思議な力によって生かされているのかもしれない、と。それなのに、せっかくの命を当たり前のことと思って過ごし、「訳もなく気が沈む」などと、甘えたことを言っている自分を、ドーンと大きな音が叱ってくれた気がした。

さらに湖面に映って円形になるしくみのユニークな大玉や、二キロメートル以上に渡って一列に吊るされた火薬パイプから一斉に火の粉が流れ落ちるナイアガラの素晴らしさに酔っているうちに二時間が過ぎた。

新しく生まれ変わったような気持ちで、葉子はバスに乗った。昔の人は「命の洗濯」と、うまいことを言ったが、今回の花火見物は葉子にとって、まさにそれだった。快いショックが、日頃の〝命〟の汚れを洗い流してくれたのだ。

今回は行かれなかったカヨと、来年はぜひ一緒に、と思い、葉子は車中から彼女に、感謝の言葉と共に花火の写メールを送った。

忘れえぬ先生

菊の花が咲き始めた。由利は庭をひとまわりして、色とりどりの菊の少しずつ違う芳香を楽しみながら花束用に摘み取った。手を動かしながら、無意識のうちに「菊、クリサンサマム、ＣＨＲＹＳＡＮＴＨＥＭＵＭ」と、つぶやいているのに気づく。四十年以上も昔の、中学生の時に暗記した単語の一つだ。脳の記憶をつかさどる部分は、記憶や感情とも深いかかわりを持つとのことだから、菊の香りに刺激されて思い出したのだろう。

さらに、単語の綴りの暗記を指導された英語担当のＩ先生の思い出も、よみがえってくる。化粧気の無い顔に、度の強い丸縁の眼鏡をかけた、地味な装いの小柄な女教師だった。

Ｉ先生の指導の厳しさは半端ではなく、泣かされる子もいた。特に、授業の前に必ず行う単語綴りのテストが大変だった。一人ずつ、先生が言う単語の綴りを即、言う。間違うと立たされ、一めぐりして、またトライ、と何回も繰り返された。

由利は英米のメルヘンや小説が好きで、原語で読みたいと思っていたので、最初から英語に熱中した。綴りも真面目に覚えたので立たされたことは無く、テストの成績も良かった。

一度だけ勉強不足でひどい点を取ったことがあった。先生は由利を校庭の木陰に呼び、「なぜ、あなたがこんな間違いを？」と言った。ふだん教室で、こわい眼をして、きつい言葉で叱る先生とは別人のようにやさしく悲し気な眼差しで由利をみつめながら……。その時、先生が由利のことを気にかけていてくださることを悟り、由利は胸がいっぱいになった。

——もっと真剣に勉強しよう。決して先生を失望させまい。

由利は心に誓った。実力がつくにつれて『赤毛のアン』などの原書も読めるようになった。

英語好きのまま大人になって結婚し、子育てが一段落してから、由利は市の外国人向けガイドのボランティアを始めた。古城や歴史博物館など案内することは楽しく、また由利の英語はボキャブラリーと発音のせいで、外国人たちに評判が良かった。ＳとＴＨ、ＢとＶの発音の違いなどもＩ先生が舌や唇の動きを誇張して見せながら教えて下さったことだった。

夫婦で行く海外旅行でも、由利の英語はよく通じるので夫に喜ばれた。

そのように、折にふれてI先生の指導をありがたく思い出しながらも、担任の先生方とは違って、卒業以来一度もお会いする機会がなく、また手紙も出したことがなかった。

しきりに先生のことを思うようになったのは、自分が当時の先生の年齢を超えて人生の秋を迎えたからだろうか。独身のまま定年を迎え、身寄りのない老後と風の便りに聞いて胸を衝かれ、訪ねて行きたいと考えた。

だが、日々の雑用に追われて問い合わせを後まわしにしてしまい、ようやく消息が分かったときには遅かった。先生は故郷の老人ホームで亡くなられていた。それは丁度、先生のことがしきりに気になり始めた頃のことだった。

ふと、先生が「at once、すぐに」という言葉について熱心に話されたときのことを思い出した。頬をほんの少し紅潮させて、その言葉の使い方を強調しながら、由利に視線を向けたことを。

もし先生のことが気になったとき、すぐに行動したら、お会いできて、いかに英語が由利の人生を豊かなものにしたか、それは先生の御蔭だと、御礼を言うことができたのに。

——これからは「at once」をモットーにして生きよう。

とそのとき自分に言いきかせた。

そんなことを思い出しながら由利は菊の花束に、先生を思わせる白い小菊を加えた。

クリスマスの心

「今年は、早めにクリスマスパーティーをしましょうよ」

グループのメンバーの中で、一番行動的と自他共に認める朋子が皆に声をかけた。市のカルチャー教室で知り合って以来、十年以上も月に一度は会っている気の合う仲間五人。すぐに日時が決まり、場所は朋子の家ということに。他の四人は、退職した夫や姑がいたりして気軽に友達を招くことができない。

パーティーは、ランチタイムに一品ずつ持ち寄って始まった。シャンパンで乾杯しながら、一人が「プレゼント交換すればよかった」と言った。

「そうね『若草物語』のなかに、ジョーが贈り物をしないとクリスマスらしくない、と言うところがあったっけ。でも、今の私たちって、それぞれに好みが強くて、グループでの交換は難しいかも。そうだ、皆で、今までに一番嬉しかったクリスマスプレゼントの話をしてみない？」

と朋子が提案すると、様々〝思い出のプレゼント〟が披露された。

「小学生のとき、サンタさんのプレゼントとして枕元に置いてあった三十六色のクレパス」

と花のスケッチが趣味の真帆。

「息子が小学生のとき友達の所からもらってきてクリスマスリースにすれば、と渡してくれた真赤な野バラの実」

と、フラワーデザイナーの澄子。

「友達からもらった世界で唯一、ハートの刻印入りのデンマークのコイン」

とハートグッズを集めているクミ。

「私？　そうね、いつも好きな物を買えと現金を渡すだけで興ざめだった夫が、初めて贈ってくれた私のイニシャル入りのペンダント。彼との最後のクリスマスに」

昨年、夫を亡くした竜子の言葉に、皆ホロリとした。

「あなたは？」と訊かれて、朋子は自分が言い出したことなのにすぐに返事ができなかった。あまりに沢山あるからだ。

――母の手編みのフワフワした薔薇色の手袋。

――高校生のとき、好きな男の子から贈られた外国のクリスマス・ブック。

――新婚時代のクリスマスに夫から渡された「シャネルの五番」。

まだまだ沢山ある。だが、最も鮮明に思い出されたのは、娘から贈られた一枚のクリスマスカードだった。

「メリークリスマス。大好きなママ、いつもありがとう」と書いてあった。当時、彼女は反抗期で、何を言っても受け付けず、口論が絶えなかった。それだけにカードのメッセージは本当に意外で、嬉しかった。

でも、そんなプレゼントが最高だなんて、皆に分かってもらえるだろうか。ちょっと迷ったが、話してみた。すると皆、口々に「そう言えば私も」と、いくつかの嬉しい言葉のプレゼントの思い出を語り始めた。「ありがとう」は、全員があげた。これはクリスマスに限らず、いつでも嬉しいのに、特に家族からは、滅多に言ってもらえない言葉なのだ。

「考えてみると、私たち自身、身近な人には、あまり言わない言葉ね。ね、今年のクリスマスには、カードに『ありがとう』と書き加えてプレゼントに添えましょうよ」

と澄子が言い、皆、頷いた。

朋子は再び『若草物語』の四人姉妹のクリスマスに思いを馳せた。彼女たちは、家族が無事であることに感謝して、クリスマスのご馳走を、恵まれない人に贈る。

今の日本にも、様々な災害の結果、困っている人々がいる。今年のプレゼントはカードだけにして、お金は寄付にまわそう、と朋子は考えた。だが寄付についての考え方は人それぞれなので、口には出さず、シャンパンの残りをぐっと飲み干した。

象のはな子の聖地

久しぶりに井の頭自然文化園を訪れた伊沙子は、まっすぐに象のはな子のコーナーに向かった。数年前、姉に連れられて初めてはな子に会って以来、悩みごとがあるときや、夫婦喧嘩の後などに来ては、不思議と慰められていたのだが、このところ足が遠のいていたのだった。

その間に、カナダ人の女性が高齢のはな子の飼育環境が悪く孤独そうだから、タイの象の聖地に移すべきだと言い出して、ネットなどで騒がれていると知り、そんな事になったら大変、と居ても立ってもいられなくなり出向いたのだ。

入り口の係員が、はな子は運動場の隅に柵をつけたのが気に入らなくて、取り外した後も寝部屋に引きこもっている、と言う。

がっかりしたが、辛抱強く待っていると、はな子は奥からゆっくりと歩いて来て、出口の敷居に両足をのせ、ゆらりゆらりと鼻を動かした。久しぶり、と挨拶されたような気がして伊沙子は思わず「はな子さーん」と大声で呼びかけた。

「ここへ来ると、ほっとして五十過ぎた年なんて忘れてしまうわ」

照れ隠しに隣に立っている老婦人に言うと、

「私なんて七十過ぎですが同じ。皆さん、そうじゃないかしら。私は年間パスを買って毎日のように通っていますが、そんな常連さんが何人もいますよ。皆ゆったりとしたはなちゃんに会うと童心にかえり、大切なものを思い出して幸せな気持ちになるのね。私の場合は、はなちゃんの眼に特別の親しみを感じるの」

「眼に？」

伊沙子が顔を向けると、彼女は小さな声で語り始めた。

「私は中学を出てすぐに上京して働き始めたんですよ。生家は貧しい農家で、子沢山の家の長女だったので、友達と遊ぶ暇なんてありませんでした。クロって名前の牛の世話も私がしていて、その牛が唯一の友達でしたよ。夜屋外にあるトイレに行く時、牛舎の横を通ると、クロが身を起こす気配がわかってね、月の夜なんか、やさしい眼でじっとこちらを見ているのが可愛くて。上京するとき、クロとの別れが一番つらかったわ」

一瞬、彼女にいじらしい少女の姿が重なって見えた。

「はなちゃんの眼を見ると、クロの眼を思い出すんですよ。同じようにやさしい、まつ毛の奥の眼。私、子供にかえってしまって、心の中ではなちゃんを通じてクロと話すの」

彼女はしばらく自分の世界に入ってしまったかのように黙っていたが、又、話し始めた。

「集団就職の工場勤めから始めて苦労しましたが、励ましてくれる先輩がいて、寝る間も惜しんで勉強して看護師の資格をとりました。幸い善い人にめぐりあって所帯を持って、今は息子夫婦と暮らして、こうして好きなことができます」

「それはよかったですね。その点、ずーっと一人ぼっちのはな子さんは可哀そうかしら」

「いいえ、はなちゃんの幸不幸は人間の尺度では考えられないと思います。二歳で日本に連れれて来られて、脱走したり、人身事故を起こしたあと鎖でつながれたり。激しい過去を思うと、今は平和に誰にもわずらわされず、長年なじんだこの場所で、春は桜吹雪を浴び、夏はケヤキの新緑の下でトンボや蝶を背にとまらせ、樹々をわたる風の香りのなかで暮らしている。誰か、はなちゃんを象の聖地に移せとか言ったようだけれど、人間と動物の境を越えた絆で結ばれた私たちと会えるこの場所がはなちゃんの聖地じゃないかしら」

二人は深くうなずきあい、声をあわせて「はな子さーん」と呼びかけた。するとはな子は、二人の気持ちがわかったかのように、敷居から一歩外に踏み出した。

みかんの味

美里の夫は気が若い。見た目も六十歳には見えず、十歳下の美里よりも元気だ。定年と同時に学生時代の仲間とのバンドを復活させて休日には練習し、様々なイベントに参加したり、ジャズ喫茶でライブを行ったりしている。

リーダー格の夫は自宅を練習場にしているので、美里は気を使うことが多くなった。しかし彼女は、ジャズには興味が無い。何となく、それが皆にわかるのか、皆彼女に対して、そっけない気がする。

だが森だけは違う。いつもコーヒーやお茶の味を誉め、美里をねぎらうのだ。彼はダンディーだが、どことなく得体が知れない感じがする。

それとなく夫に尋ねてみると、彼は親譲りの不動産をもとに家具の輸入会社を作ったが倒産してしまい、以来、様々な業界を渡り歩いてきた様子だが、仲間の誰も本当のところは知らない、とのことだ。

バンドを再結成する時に誰かが連絡したら、彼は喜んで参加した。

「あいつのドラムは昔からすごい。だが、ちょっと問題もあってね」

人の悪口を言わない夫にしては珍しく、顔を曇らせながら言う。

「バンドをスタートしてから分かったんだが、法にふれるすれすれの所で仕事しているらしいんだ」

夫も他のメンバーも、元々お堅いサラリーマンだったから、何となく彼との間に距離を置いているようだった。

ある日、練習の後の会話からはじき出された彼が美里に強い視線を向けているのに気づいて彼女はうろたえた。

そんなことは初めてだった。若くして夫と出会い、一目惚れで結婚して、子供たちが巣立ってからは水入らずで仲むつまじく暮らしてきた。美里は、ほかの異性に心を動かされたことはなく、夫もそうだと信じている。娘は「今の時代、パパとママは絶滅危惧種ね」と二人をいつもひやかす。

しかし今、美里は森の視線に動揺している。そんな眼で男性から見られたのは、はるか昔のことだ。今や若くも美しくもない自分を思うと、からかわれているとしか思えないのに、女心を刺激された自分に驚き、美里はそれから絶対に視線を合わせまいとした。

そして突然、彼は姿を現さなくなった。

「何かあったらしい」

とメンバーの一人が暗い顔で言った。

彼がいなくなって、何となく精彩を欠いたバンドだったが、市民文化祭に参加して、「シニアを元気づける」と熟年女性たちに持ち上げられて、皆、気をよくした。やがて森のことなど忘れてしまったかのように、イキイキと活動の場を増やしていった。

しばらくして、森から夫婦あてに、かぐわしくて甘いみかんが送られてきた。

数日後、夫たちがライブで留守の夜、彼から電話がかかってきた。

「短い間でしたが、あなたにお会いできてよかった。何てあたたかくて純粋な感じの女性だろう、と思って見ていたのに気づきましたか」

「……」

「あなたのご主人は、大学で出会って以来ぼくにとって大切なソウルメイト

――魂の友達といえる存在。その彼にぴったりの奥さんと一目でわかった。だからあなたも、ぼくにとってはソウルメイト。お二人は、かけがえのない存在です。あなた達のことを、大好きで大切に思う気持を、ぜひわかって欲しい」

そうだったのか。彼は単に美里に興味を持っていたのではなかった。三人一組のソウルメイトなんて、稀有のことではないだろうか。ずっと冷たくしたことをあやまりたかった。だが、うまく言えなくてオタオタしているうちに電話は切れてしまった。

まだ箱にみかんが残っている或る日、森の訃報が伝えられ、美里はショックを受けた。謎の多い死だったようだ。

変わった形ではあったが、美里の存在価値を認めてくれた彼、あの電話の、今や夫も口にしない誉め言葉は、うれしいものだった。あのとき、一言でいいから、気持ちを伝えればよかった……。悔やみながら食べるみかんは、酸っぱく苦く心にしみた。

雑草の微笑み

新型コロナウイルス禍の影響で、章子の夫の給料は大巾に減った。息子が早々と結婚して独立したあと、夫婦の生活を贅沢に楽しんでいたのだが、家計をぐっと引きしめようと話しあった。まず夫は友人と毎月行っていた海釣り旅行をやめてゴルフも一休みし、章子は観劇をやめた。さらに家計簿の各項目を検討してみた。すると、住宅・インテリアの項目の中に、花代が突出していることに気がついた。

章子は、子供の頃〝お花屋さん〟になるのが夢だった。今もフラワーショップが大好きで、色とりどりの香しい花にあふれた店内に入ると、パッと気分が上がる。

高貴な白百合や、ゴージャスな薔薇を思う存分買って部屋に飾るときの幸福感は何にもかえがたい。バースデイや様々の記念日、いや特に何もない日も、章子は花を買った。

しかし今、花代は真っ先にカットすべき項目に思われた。行けば欲しくなるので、フラワーショップから遠ざかった。

つらい気持を、似たような経済被害を受けている親友に話すと、「贅沢な悩みね」と一笑に付された。

「でも、あなたの気持はわかる。花への愛情が普通じゃないもの。ここはひとつ、発想を変えてみない？　お花にもいろいろあるのよ、新しい魅力に気づく、よい機会かもしれない」

数日後、宅急便で小さな花束が届いた。それらは、これまで気にもとめなかった雑草の花で、それぞれに名札がつけてあった。

—白とピンクの花弁の可憐なヒメジオン。

—忘れなぐさに似た青い花のキュウリグサ。

—デリケートな黄色い小花のカタバミ。

—甘い香りのシロツメクサ。

—ラセン型に咲いているピンクのネジバナ。

—小型のアザミ型のキツネアザミ。

—ローズマリーに似た唇型の青紫のカキドオシ。

ほのかに香るものもあり、眺めていると、小声でやさしく語りかけられるような気がしてきた。百合や薔薇などとは全く違う静かでつつましやかな魅力。

しかも野の花のパワーを秘めている。
花束に添えられた与謝野晶子の詩にも心をうたれた。章子は、思いがけなく開けた新しい花の世界を嬉しく思い、生き方も少し変わるかもしれないと思った。

雑草こそは賢けれ、
野にも街にも人の踏む
路を残して青むなり

雑草こそは正しけれ
如何なる窪も平かに
円く埋めて青むなり

雑草こそは情あれ
獣のひづめ、鳥の脚、
すべてを載せて青むなり。

雑草こそは尊けれ
雨の降る日も、晴れし日も
微笑みながら青むなり。
――晶子詩歌集選集Ⅱ／春秋社

マスク美人

通りすがりの店のショーウィンドーに写った顔を見て、香代子は思わず立ちどまった。

といっても、顔の大部分はマスクでかくれている。あらわれている目元に、驚いたのだ。

ひそめた眉、まぶたが下がった目。それは、兄嫁と気が合わなくて、いつもグチを言っていた晩年の母にそっくりだった。

コロナ騒ぎで、外出時にマスクをするようになってから、香代子は殆どメイクをしなくなった。そのために老けて見えるのだろうか。

何でも話せる親友のキミ子にそんな話をしてみた。

「それはメイクではなくて表情のせいよ」と彼女は言う。

「あなた最近、ひいきの芸能人にまつわる暗いニュースのことばかり言ってるでしょ。電話の声も暗いし、表情も想像できる。気持を切りかえて、明るいことを考えて、笑顔を取り戻して」

「とても、そんな気になれないわ、こんな不安な時代に」

「でも、人間は昔から色んなことを乗り越えてきたのよ。どんな時もめぐる四季の美しさ、自然の生命力に支えられて。だまされたと思って、笑顔をつくってみて。形から心を変える、と言うこともあるのよ」

そのあと、彼女から何冊かの本が送られてきた。どれにも笑顔や声に出して笑うことの〝効力〟が書かれていた。なかには、笑うことで難病を治したという体験談もあった。笑うと脳にセロトニンやドーパミンなどの「幸せホルモン」が出て、難病やウィルスと戦うナチュラルキラー細胞に影響を及ぼし、免疫力もアップするという。

香代子が特に面白いと思ったのは、『笑顔の魔法』（のさかれいこ／青春出版社）に、「つくり笑顔でもいい」と書かれていたこと。つくり笑顔は心からも笑顔に導く入口になるから、毎日笑顔体操をするように、と。

その方法は、まず口角をあげる、戻す、という表情筋の運動を一分以上。次に頬の筋肉をあげ、笑いジワができて目が細くなる状態をつくっては戻す運動を一分以上。すると頬の中にあるいくつかのツボが刺激されて「幸せホルモン」が分泌され楽しい気分が湧いてくる。そして自然に笑顔が身につく、とか。

香代子は、さっそく始めることにして、キミ子に報告した。

「よかった、嬉しいこと、楽しいことを思い描きながらすると一層効果があるわよ」

それも、とりいれた。——思いがけない夫からのクリスマスプレゼント、愛猫のホワホワの毛皮の手ざわり、寒い日の蜂蜜入りの熱い紅茶等々。

そのように意識して笑顔体操をしていると、不思議と気分が上り、メイクもする気になった。

一ヶ月ほどすぎた或る日、香代子は例のショーウィンドーの前を通りかかった。そこに写っていたのは、明るい目元のマスク美人だった！

4

追慕する

再会

三十五年ぶりの、中学の同窓会の通知が来た。理恵はそれまで一度も同窓会のたぐいに出たことがなかったのに、今回は心が動いた。幹事からの〝お知らせ〟に、「アメリカでビジネスに成功している田山君が一時帰国中で、出席します」とあったからだ。

田山は、理恵が通っていた地方都市の中学に、三年のとき東京から転校してきた。都会的でキリッとした顔立ちで、成績も運動神経も抜群、たちまちクラスの人気者になった。

理恵は一目で彼が大好きになったが、彼はすぐにクラス一の美少女と仲よくなった。理恵は二人の間に割り込む気など全くなかった。子供の頃から目だたない容貌を自覚し、コンプレックスを持っていたからだ。が、夜おそく、高校受験のための勉強をしているときも、気がつくと田山のことばかり考えていた。

やがて別々の高校に入学し、彼は東京の大学を出てアメリカに渡ったと風のたよりで知った。理恵は短大を卒業して会社勤めをしたあと、見合い結婚をして、今では二人の子供も成人している。

長い間、忘れていた田山。大人になりかけた頃、あれほど熱く心を燃やした彼は、どんな風になっているだろうか。

会場は都心のホテルの小ホールだった。理恵は、流行のフリルを控えめにあしらった新調のスーツを着て出かけた。

すでにいくつものグループが、旧姓で呼びあい、歓声をあげていた。幹事が挨拶したあと、乾杯の音頭を取ったのは田山だった。美少年が渋いハンサムに変っていたが、相変わらず魅力的なオーラを発散していて、元少女たちから溜息がもれた。

ビュッフェ式だったので、すぐに自由な歓談に移ったが、田山がいるテーブルはひときわ多くの人が集まり、嬌声があがっていた。

何か、昔と同じ体験をしているような気がして、理恵はしらけた気分になり、隅のテーブルで、出席者の名簿に目を通していた。

「理恵さん」

ふいに声をかけられて振り向くと、田山が立って、昔のままの笑顔を向けていた。

「あ、お久しぶり……お元気そう」

しどろもどろになって答える。

「きみも昔と変わらないね」

「まさか」

「いや、相変わらず唇の色と形がいい」

何を言い出すのか、と理恵は驚いた。

「あの頃、男子皆で、女子のビューティーコンテストをして、スタイルがベストは誰、目は誰、とか決めてね。最もセクシーな唇の女子はきみということになったんだよ」

「そんな。私、顔には全く自信なかったわ」

「じゃ、あの頃、ぼくが時々、きみの唇みつめてたの気づいていた？」

「いえ、全然」

「そうか、やっぱり。ね、二人でここぬけ出して、思い出を語りあわない？」

耳もとでささやかれた瞬間、理恵は中学生に戻ってしまった。遂に田山君が私だけをみつめている。唇？　そういえば出がけに、新色の口紅が蛾の鱗粉のように光るのを見て拭きとり、リップクリームだけにしたのだった。中学生の頃のように。

ぼうっとして何も考えられなくなって、目でうながす田山に、うなずこうとしたとき、バッグの中で携帯電話が振動音を立てた。ハッとわれにかえり、取り出してみくと非通知設定の表示。多分、いたずら電話だろう。その間に、魔法の時は去った。家で待つ夫の温顔が脳裡に浮かんだ。

「あの、また、いつか」

「そうだね、また、いつか」

その「いつか」は決して訪れないことを、田山も知っている、と理恵は思った。

――これでいいのだ。

理恵は、ようやく劣等感でいじけていた中学生を卒業できた気がした。そして、あとから後悔するようなことにならなくてよかった、と安堵した。あの電話は、理恵の守護の天使からの警報だったのかもしれない。

人生の舵取り

朝子と春美とルミは、あるカルチャーセンターのエッセイ教室の仲間である。二十名ほどの受講生は全員女性。暮しのなかの小さな喜びをつづるエッセイが人気の講師は、受講生にやさしく、それぞれの作品のよいところをほめてくれるので、長年、受講している人も多い。

朝子たちは、のんびりした講座の雰囲気を楽しみながら、毎年行われている某誌のエッセイコンクールに応募し続けている、という共通点がある。年齢差があるのに気が合って、受講の後に雑談しているとき「実は」と一人が言い、「あら私も」「私も」と〝告白〟して以来、仲良しライバルと自他共に認めている。

月に一度の講座のあと、昼食を共にしながら、とりとめのない、おしゃべりをするのも楽しい。

三人のうちで一番年長の五十代の朝子は、他の二人の話の聞き役になることが多いが、その日は大いに熱弁をふるった。きっかけは、三十になったばかりのルミが、最近まわりから結婚、結婚といわれることに対する反撥を語ったことだった。

「母が叔母たちから、しょっちゅうルミちゃんまだ結婚しないの？　と言われて肩身が狭いなんて言うの。近所のおせっかいおばさんは私の顔見るたびに、結婚はまだ？　なんて繰り返すし。ユーウツよ」

それを聞いて四十代も終りに近い春美が言った。

「思い出すわ。私のときは、会社でも言われた。一生独身、ときっぱり宣言して、三十代でマンションをローンで買ったら言われなくなったわね」

「私は独身で通す自信は無いの。だから、母がすすめるお見合いでも何でもして、とにかく〝まだ結婚しないの〟から逃れたい」

とルミ。それを聞いて朝子は、「ちょっと待って」と、デザートの抹茶アイスクリームのスプーンを休めた。

「私も実は〝まだ〟に追われるようにして見合い結婚をしたの。幸い夫はいい人でラッキーだったと思ってる。でも時々、他人の言葉に負けてあせらずに、もう少し待てばよかったかな、と思うのよ」

「それって、御主人に対して失礼じゃない？」

「そう。だから、ルミさんに言いたいのは、外からの〝まだ〟に負けないで、本当に自分で結婚したいと思ったときに結婚してほしいということ。それに、女の一生って、結婚後も〝まだ〟につきまとわれるのよ。〝お子さんはまだ？〟ってのが一番いやだったわね。バスの中でも、〝できないの？　作らないの？〟と近所の奥さんに言われたりして」

「でも、わりと早くママになったよね」

「ええ。それで一息ついたら、今度は〝二人目はまだ？〟が始まって、一人っ子の害について言いたてられて。四十代になって、ようやく言われなくなったら、今度は〝娘さんのご結婚まだ？〟が始まって」

「え、再び悪夢？」

「彼女が結婚したら、今度は〝お孫さんはまだ？〟よ。娘は雑誌の編集の仕事に夢中で、共働きで、どうやら子どもを生む気はない様子。すると、老後が寂しいとか何とか、いなかの親戚のうるさいこと！　娘は全く取り合わずに、ゴーイング・マイ・ウェイ。それでいいと思ってるわ。大切なことは、自分で自分の人生の舵を取ること、他人の言葉に惑わされずに」

　話しているうちにアイスクリームは溶けてしまったが、朝子はさらに言い続けた。

「実は私、夫から〝まだあきらめないの、才能ないのに〟なんて言われているの。ほら、エッセイコンクール応募のことよ。戦う相手としての〝まだ〟は次々と現われるわ。春美さんも仕事がらみで悩まされる〝まだ〟はいっぱいある筈。ルミさんの〝まだ〟は序の口。これからが長いの。がんばってね」

朝子の言葉に、ルミは吹っ切れた表情でうなづいた。

特急に飛び乗って

その日、和子は最寄りの駅から電車で都心のデパートまで行くつもりだった。買物よりも気晴しが目的である。主婦の生活は、単調な家事の繰り返しで、時々和子は煮つまった気分になる。夫は家事には一切ノータッチで、しかも完璧を期待するのだ。今朝もガラス窓が曇っていると不機嫌だった。定年後が思いやられる。と思いながら、上りの電車を待っていると、反対側のホームに下りの特急列車が入って来て停まった。松本や大町など信州行きの特急が時々停車する駅なのだ。

和子は吸い寄せられるように車輌に近づいた。気がついたら乗り込んでいた。背後でドアが閉まったとき、ハッとわれにかえり、あわてた。

だが、自由席の窓辺の席に座った瞬間、これだ、と思った。こういうことがしたかったのだ、あきあきする日常生活を飛び出して、遠くへ行くこと！いつか雑誌で見た松本の風景を思い出した。壮麗なお城と山の眺め。町中を流れる川。おいしいコーヒーやお蕎麦の店……。

次々と変る車窓からの眺めに、子供のようにワクワクしているうちに、松本に着いた。

駅でもらった簡単なイラストマップを手に真先に松本城へ向った。が、中に入る気はなく隣接した公園から堂々とした天守閣や、そびえる山々を仰ぎ見た。いくつかベンチがあったので、その一つに腰かけてマップを見ていると、隣にソフト帽をかぶり、ステッキを持った老紳士が坐った。しばらくして和子に笑顔で話しかけた。

「松本は初めてですか」

「はい」

「私は、松本生まれで今も住んでいますが、毎日のようにここへ来ます。家内が生きていた頃、よく二人でこのへんを散歩して、このベンチで一休みしましたので、ここへ来ると、横に家内が坐っているような気がしまして」

「まあ、仲のよい御夫婦だったのですね」

「いや、それが、しょっちゅう喧嘩していました。私は気が短く怒りっぽくてね。家内も気が強かったですから。それが死なれてみると、その喧嘩がなつかしくてね。愛情があればこそ、ぶつかりあい、言いあったんですよ」

和子は、夫に不満があっても喧嘩がいやで黙って過ごしてきた歳月を思った。

「私は我慢する質《たち》で。でも主人の言いなりの変りばえしない日常生活にあきあきしてたんでしょうね。今朝、衝動的に、特急に飛び乗ってしまったんです」

和子の言葉に、彼はアルプスの山脈から東の山々に視線を移して言った。

「あきあきするような日常生活も、不満足な御主人との日々も、生きていればこそ。これからは、あなたも自己主張されたらどうですか。新しい関係が生まれるかも知れませんよ。今度はぜひ、お二人で松本へ。ゆっくり町を散策したら、バスで美ヶ原まで行ってごらんなさい。〝登りついて不意にひらけた眼前の風景にしばらくは世界の天井が抜けたかと思う〟*と詩人がうたっている所です」

聞いただけで、はればれとした気分になった。帰ったら夫を誘ってみよう。旅行嫌いの彼を説得しよう。日常生活でも、今さら夫を変えるのは無理と思っていたが、やってみよう。人生の後半の、共に生きる日々を、悔いなく過ごそう。

彼に御礼を言って駅に戻った。とんぼ帰りの車中で遅い昼食に信州名物の御《お》焼《やき》を食べながら、和子は夫との〝みのりある喧嘩〟の作戦を練り始めた。

＊「日本詩人全集23（新潮社）」の尾崎喜八「美《うつくし》ガ原溶岩台地《はらようがん》」より

手紙の力

陽子は手紙が好きだ。郵便受けに封書や葉書が入っているのを見ると、パッと心が明るくなる。

書くのも大好きで、国内海外を問わず旅行の折りには必ずレターセットやカードを買い求める。最近では夫も一緒に変ったカードなど探してくれる。

「もう一生分、集めただろう」

などとからかいながら。

しかし、メールはノータッチ、ファックスもペラペラして嫌いな陽子は、小まめにペンを取るので、絵葉書・カード・便箋・封筒は、いくらあっても多すぎることはない。

ある日、思いがけない手紙が届いた。女子高時代に一時期親友だったマリからの封書だった。

陽子さん、お元気ですか。私は昨年、大病をわずらい、一時期、あぶなかったのですが、ようやく元気を取り戻しました。

驚いた。全く知らなかった。陽子はマリ以外に友達を作らず、卒業後も誰ともつきあわず、同窓会のたぐいにも出たことがない。だからマリに限らず、誰の噂も耳に入ってこなかった。

突然、三十年以上の歳月が消え、高校時代の思い出がよみがえる。

内気で口が重い陽子は、いじめすれすれの思い出ばかりの小中学生時代をすごした後、高校生になって初めて心から信じられるマリという親友ができて、

井上公三

Aube　「夜明け」

天にも昇る心地だった。一生仲良くしようと思った。それだけに、彼女が陽子と美術展を見に行く約束だった日に、急用ができたと言ってキャンセルして、他の女の子とディズニーランドへ行ったと分かったときには逆上してしまった。その子は、意地わるい笑いを浮かべて、「陽子に内緒にして」とマリが言ったと伝えた。

深く傷ついた陽子は即、マリと絶交した。言いわけは聞きたくなかった。われながら、かたくなだったと思うが、それほどショックだったのだ。

息をととのえて陽子は手紙の続きを読んだ。

命には限りがあると身にしみて感じ、生きているからには人を傷つけず、自分の気持が安らかであるような生き方をしたい、と思ったとき心に浮かび上がったのは、あなたのことです。

あの日私は、かねてから行きたかったディズニーランドに誘われて、軽い気持で出かけました。騒々しい所は嫌いと言っていたあなたに言いにくくて嘘の口実を作って。それが、どんなにあなたを傷つけたかわからず、あなたのリアクションの激しさに驚いた私は、仕方がないわ、と簡単にあきらめてしまいました。

でも、そのあと、どんなに寂しかったことか。それまで学校で会っているのに毎日のようにかわした手紙、近くの高台の公園への散歩、花にくわしいあなたのお話、本や映画のこと。ほかの誰とも、あなたとの楽しい会話は望めませんでした。

長年、あなたのことを思い出すたびにチクッと胸が痛むのを無視してきました。でも大病をきっかけに、思いきってあやまる決心をしました。ごめんなさい。遅すぎませんように。ぜひお会いしたいと思います。お返事、お待ちしています。

読み進むうちに陽子の脳裡に、絶交前の楽しかった思い出が次々とよみがえり、いつか頬を涙が伝わっていた。

山のように集めたレターセットやカードはマリとの文通を再開するためだったのだ、と思い乍ら、久しぶりの手紙にふさわしい便箋と封筒を入念に選んだ。ペンを持つと心は十七歳に戻った。

空の天使

ゆっくりと窓外を過ぎて行く雲を、幸子はぼんやりと眺めていた。あれほどあこがれていた空の旅、それもエアフランスのファーストクラスでパリへ、という夢のようなプランなのに、全く楽しめない。

この旅行は、難病だった夫を亡くして一年、ずっとウツウツとしている幸子をみかねて、嫁いでいる娘がお膳立てをしてくれた。

「ママは自由になったんだから自分の人生楽しんで。十年間もパパの看護した御褒美あげる」

彼女はサラリーマンの妻で、日頃やりくりに苦労しているのに、へそくりでファーストクラスのチケットを買ってくれたのだ。

「これならママ、出かけるでしょ。無駄にするの、もったいないからって」

と幸子を苦笑させた。図星だったからだ。

そんなわけで出発したのだが、気は晴れない。夫の死後、自責の念のために心が暗く閉ざされている。

――あれほどいやがったのに、私は彼を入院させた……。

仕方なかった。病勢が進んで、自宅看護は無理な状態だった。それで検査にかこつけて入院させたら、病内感染のため数日後に急死してしまったのだ。幸子はひどく後悔した。彼の死と同時に苦労したことは忘れてしまって、若い頃の楽しかったことや彼のやさしさのみ思い出されるのも苦しくつらかった。

「年をとったら、二人でのんびり外国旅行しよう、まずパリだね」

――それなのに一人でパリだなんて。やっぱり、やめればよかった。

涙がわき上がってきて、幸子はティッシュを眼に押しあてた。

「大丈夫ですか」

突然、フランスなまりの英語で話しかけられて顔をあげると、客室乗務員の女性が、身をかがめ、ほほえみかけていた。

「お茶でもお持ちしましょうか」

見るからにベテランといった感じで、笑い皺が好ましい。名前を訊くと、フアビエンヌ、と。

彼女は、各種のフレイバーティーを詰めあわせた箱を持って戻って来た。

「おすすめは、これです。オレンジの皮やスパイスが紅茶にブレンドされていて、香りがよく、気持がおちつきますよ」

熱くてかぐわしいティーに気持がほぐれたか、幸子はふと自分のことを彼女に話したくなった。このフライトのファーストクラスの乗客は数えるほどで、しかも皆、離れた席で眠っている。

「私ね、一年前に夫を亡くしたんですよ」

手短かに彼の病気のこと、突然の死のことを話した。

「それで私、彼を入院させたことをすごく後悔して、つらくて、しまいに生きているのがいやになってしまったんです。娘が心配して、気分を変えるようにと、この旅をプレゼントしてくれたんですが一向に気が晴れません」

かたわらに膝をつき、眉を寄せて、じっと幸子の話に耳をかたむけていたフアビエンヌが言った。

「お気持、よくわかります。ただでさえ女性は、過ぎてしまってどうしようもないことを、くよくよ悩みがちです。でも、その時に一番いいと思ったことが、一番いいんですよ。何も後悔することはありません」

一言一言静かな力をこめて言った。物語に出てくる賢者が乗りうつったかのような、思慮深い眼差で幸子の眼を見つめて。

――その時に一番いいと思ったことが一番いい。

彼女の言葉が幸子の頭の中でリフレインした。ふいに呼吸が楽になった。次の瞬間、心を暗くとざしていた扉の鍵が、ひとりでにはずれた。

扉は、飛行機が進むに連れて、少しずつ開いて行き、胸の奥まで光が射し込んできた。

母と娘

真紀は幼い頃から、祖母と母の口喧嘩にうんざりしながら育った。二人とも気が強くて何ごとにも我を通そうとする。真紀を産んですぐに未亡人となった母は、以来旅行関係のライターとして一家三人を支えてきたので、一番発言権があると考えているようだったが、祖母も負けていなかった。

母は理知的で、日常生活も合理的に進めようとしたが、祖母は迷信にとらわれる心配性の質だった。特に日柄——暦の上から見たその日の吉凶や、外出先の方角を気にした。それが最もあらわになるのは、母が取材旅行に出かける時だった。日柄や方角が悪いと、必ず難癖をつけた。

「そんなこと言ってたら、私みたいな仕事はできないわ」

「でも、無視したら災いが起こるよ。出発日だけでも変えられないの？」

「無理。そんな風に不安に思うことが災いを引き寄せるのよ。大丈夫、今までだって仏滅に出かけても何も無かったじゃない」

「それは私が無事を念じていたから」と祖母は信心しているお寺や神社の名をあげて、「せめて、これを持って行って」とお守りを押し付ける。それを母は突っ返して出て行くのだった。


母代わりの祖母と過ごすことが多く、自然に〝おばあちゃん子〟になった真紀は、母に似ない気弱でおセンチな娘に育ち、お守りのたぐいの効能も信じた。母のつっぱりを憎らしく思ったこともあった。日柄や方角にこだわるのは無理としても、お守り位、と思ったのだ。


大人になって、職場で親しくなった友達にそんな話をすると、彼女はお守りが大好きとのこと。

「守られるって強く信じると、本当にそうなると考えて、いつもバッグに入れてる。それって、本当は本人の信念が守るってことらしい。戦争や災害で生き延びた人の体験談を読むと、皆、強く無事を信じていたそうよ。本当はお守りなんて無くても信念があればいいんだけど、人間は弱いから、何かシンボルが欲しいってことかな」

そうか、母は強い信念がある人だからお守りは必要ないんだ、と真紀は初めて納得した。

祖母亡きあと、真紀が結婚して家を出たとき、母はまだ六十代だった。いずれは一緒に住もうと考えていたのだが、母は数年後に心臓発作で急死してしまった。

遺品の整理をしたとき、真紀はあらためて母の質素な暮らしぶりに胸を衝かれた。数少ない衣服や靴は実用的なものばかりで、高価なものは一つも無い。指輪など装身具もごくわずか。昔から真紀が欲しがるブランドものを買い与えることも滅多になかったのでケチ、と思っていたのだが、倹約したお金を、真紀名義の通帳に長年積み立てていたことがわかった。

遺品の中に、見覚えのある大きめの財布があった。いつも母が旅に持って行ったものだ。その中ポケットに、小さな紙包みが入っていた。開いてみると、切手ほどのサイズの厚紙に「ママのお守り」と書いてある。ふいに小学校の一年か二年頃のことを思い出した。例によって、お守りを押し付ける祖母と母は言い争いを始め、真紀が泣き出したので、祖母は見送りもせずに部屋に戻ってしまった。黙って靴をはく母が傍らに置いた旅行カバンの中に、真紀はそっと手作りのお守りを入れたのだった。

よれよれになった紙片を、真紀はじっと見つめた。お守りなど、一切信じないと言っていた母が、真紀の思いだけは受け止めて、あれ以来持ち歩いたのだ。無信心で迷信嫌いの母が唯一信じたものが、真紀の愛情だった……。

ふと空気が動き、母の気配を感じた。

――守っているよ。強く生きてね。

そんな声が聞えた気がして、熱い涙があふれた。

思い出の中に生きている人

「加藤剛さんが亡くなったんですって」

従妹《いとこ》の理香から電話があったとき、昌子は胸を衝《つ》かれた。

――もう一度会いたかった。

と思った。と言っても、直接会ったのは一回だけ、映画のロケのときに、見かけたに過ぎない。それも四十年以上も前、昌子がまだ高校生の頃のことだ。

それは彼が主演した映画『忍ぶ川』の、東北の米沢ロケのときのことだった。冬休みの間、祖父母の家を訪れていた昌子は、隣家で行われていた撮影を理香と一緒に見に行った。親しくしていた家だったので、ロケ隊の皆さんに出すお茶の手伝いを頼まれた。

二階の控えの部屋には、主演の加藤剛さん、栗原小巻さんはじめ、数人の人たちが、出番を待っていた。皆、脚本を手に、セリフを頭に入れている様子だった。すると、そこへ、その家の飼い猫が入ってきた。まるで主《ぬし》のような大きな猫だ。

真先に気づいたのは、加藤さんだった。

「おいで」

と声をかけ、手をのばした。猫はやさしく撫でられて、ゴロゴロと喉を鳴らした。

猫好きの昌子は、お茶を配るのも忘れて、その様子に見惚れた。視線に気づいたかのように、加藤さんが顔をあげた。目が合い、昌子に微笑みかけた。猫好き同士とわかったのだ、と思った。

それだけのことだったが、昌子はそのときの加藤さんを折りにふれて思い出した。理香もロケ以来加藤さんの熱心なファンになり、二人でよく彼のことを語り合ったが、昌子はあの一瞬のことは胸に秘めて話さなかった。

加藤さんは大手の劇団に属していて、定期的に舞台に立ち、又映画にもよく出演していたが、昌子は劇場や映画館に足を運ぶことはなかった。学生時代はアルバイトに忙しく、ＯＬになってすぐに職場結婚し、亭主関白の夫と三人の子供に振り回されているうちに時が過ぎ、そんなゆとりが無かったのだ。

理香の方は教師となって独身のまま過ごして、趣味の観劇を楽しみ、特に加藤さんが出演する舞台は欠かさず観ていた。そして、彼ほど真面目な俳優は珍しく、主演する作品も、人の心の美しさを伝えたり、平和への願いを込めた良心的なものが多い、と言い、写真集やエッセイ集も貸してくれた。

訃報を伝える電話でも、理香は繰り返し彼を称えた。

「アメリカのミステリーに素敵な言葉があるわね、〝強くなければ生きていかれない。やさしくなければ生きている資格が無い〟って。加藤さんはそんな人だったと思う」

「それは、誉めすぎじゃない」

と言いながら、昌子は、遠い日に目が合ったときの彼を想った。そんな昌子の気持ちが伝わったかのように理香が言った。

「思い出すわね、米沢のロケのときのこと。加藤さんは猫にやさしかった。その後飼った猫のことも、とても愛して、亡くなったときには喪中欠礼の葉書を出したんですって」

今は天国で、その猫と再会していることだろう。それだけでなく、生涯に出会った全ての猫たちにも。微笑みかける加藤さんの顔が脳裏に浮かび、涙でゆらいだ。

美しき夢の続きや去年《こぞ》今年*

——加藤　剛

*『こんな美しい夜明け』加藤剛著　岩波現代文庫

おわりに

この本は、掌篇より短かいので「猫の掌小説」と私が呼んでいる作品集です。今から十二年前、当時のローズメイ社社長の原田浩氏のおすすめで、〝ＷＡＫＷＡＫ〟誌に連載がスタート。ご子息の青氏に代がかわってからも続いています。

原田氏ご一家との縁は深く、浩氏の父上、俳人の原田青児氏からは、長年お手作りの素晴らしい薔薇をいただき、またローズメイ社のローヤルゼリーの御蔭で、亡夫熊井啓は健康を取り戻して映画監督を続けることができました。

感謝あるのみです。

『香りの力――心のアロマテラピー』に続き今回もご高配を賜った春秋社社長の神田明氏に心からお礼を申し上げます。また構成と原稿整理をして下さった牧子優香さん、故井上公三画伯の美しい装画をご提供くださった画伯夫人、装幀を手がけてくださった中島かほるさんにもお礼を申し上げたいと思います。

二〇二一年五月五日　　熊井明子

著者紹介

熊井明子（くまい・あきこ）

作家。長野県松本生まれ。信州大学教育学部（松本分校）修了。映画監督である熊井啓と結婚。長年ポプリの研究につとめ、ハーブにも造詣が深い。愛猫家としても知られている。1999年『シェイクスピアの香り』などの著作活動について、「シェイクスピアの魅力を新たな角度から探求した業績を評価して」第7回山本安英賞を受賞。

著者に『シェイクスピアの妻』（春秋社）、『香りの力』（春秋社）、『シェイクスピアの香り』（東京書籍）、『愛のポプリ』（講談社）、『今にいきるシェイクスピア』（千早書房）、『「赤毛のアン」の人生ノート』（岩波現代文庫）、『めぐりあい——映画に生きた熊井啓との46年』（春秋社）、『ポプリテラピー』（河出書房新社）ほか多数。

いくつになっても、ラ・ヴィアン・ローズ

2021年6月25日　初版第1刷発行

著者Ⓒ＝熊井明子
発行者＝神田　明
発行所＝株式会社 春秋社
〒101-0021 東京都千代田区外神田2-18-6
電話（03）3255-9611（営業）・（03）3255-9614（編集）
振替　00180-6-24861
https://www.shunjusha.co.jp/
印刷所＝信毎書籍印刷 株式会社
製本所＝ナショナル製本 協同組合
装　幀＝中島かほる
装　画＝井上公三

ISBN 978-4-393-44724-6　C0095
定価はカバー等に表示してあります